단순한 질문

A Simple

Enquiry

KB106576

어니스트 헤밍웨이
김욱동 옮김

단순한 질문

A Simple Enquiry

제복을 입은 어니스트 헤밍웨이

차례

단순한 질문

바깥에는 눈이 창문보다도 높이 쌓여 있었다. 햇살이 창문을 통해 들어와 오두막의 소나무 판자벽의 지도 위에서 빛을 내뿜었다. 해는 중천 높이 떠 있고 햇살이 흰 눈 위로 흘러내렸다. 오두막의 막히지 않은 측면을 따라 참호 하나가 파여 있었다.[1] 청명한 날이면 날마다 벽 위로 빛을 내뿜는 해가 흰 눈에 열기를 반사하면서 참호를 넓게 만들었다. 늦은 4월이었다. 소령은 벽에 기댄 채 테이블에 앉아 있었고, 그의 부관은 다른 테이블에 앉아 있었다.

소령의 눈 주위 ── 흰 눈에 반사되는 햇빛을 차단하려고 눈[雪]안경을 낀 자리에 하얀 원 두 개가 둥글게 나 있었다. 얼굴의 나머지 부위는 붉게 탄 뒤 그을고, 그을린 뒤 다시 탔다. 코는 부풀어 올랐고, 물집이 잡혔던 피부 가장자리는 느슨했다. 소령은 서류를 들여다보는 동안, 오일 접시에 집어넣었

---

[1] 이 작품의 배경은 『무기여 잘 있어라』(1929)처럼 1차 세계 대전 중 이탈리아 전선인 것 같다. '피닌'과 '토나니'는 이탈리아 이름이다.

던 왼쪽 손가락 끝으로 아주 부드러이 얼굴 위에 오일을 발랐다. 그는 무척 조심스러운 동작으로 손가락에 묻은 기름을 접시 가장자리에 닦았다. 그래서 손가락에는 오일이 엷게 남아 있을 뿐이었다. 그는 이마와 두 뺨을 문지른 뒤에 손가락 사이로 아주 살짝 코를 만졌다. 오일을 다 바르고 나자 그는 자리에서 일어나더니 오일 접시를 들고 자신이 잠을 자는 오두막의 조그마한 방으로 들어갔다. "낮잠 좀 자야겠어." 그가 부관에게 말했다. 육군의 경우에 부관은 장교가 아니다. "부관은 하던 일을 마저 마치도록."

"네, 알겠습니다, 소령님."[2] 부관이 대답했다. 그는 의자에 기대고 앉아 하품을 했다. 겉옷 호주머니에서 문고판 책 한 권을 꺼내어 펼쳤다. 그러다가 곧 테이블 위에 내려놓고는 파이프에 불을 붙였다. 그는 책을 읽으려고 앞쪽으로 몸을 굽히고 훅 하고 파이프를 빨았다. 그러더니 펼쳤던 책을 덮고 다시 호주머니 속에 집어넣었다. 마무리해야 할 서류 작업이 너무 많았던 것이다. 일을 모두 마칠 때까지 책을 읽을 여유가 없었다. 바깥은 해가 산 뒤로 물러가서 오두막의 벽 위엔 이제 더 이상 햇살이 비치지 않았다. 그때 병사 하나가 들어와서 소나무 장작을 아무렇게나 잘라 난로 속에 집어넣었다. "피닌, 조용히 좀 해." 부관이 그에게 말했다. "지금 소령님이 주무시고 계셔."

피닌은 소령의 당번병이었다. 얼굴이 검은 소년으로 난로를 고정한 뒤 소나무 장작을 조심스럽게 집어넣고는 문을 닫고 오두막 뒤쪽으로 들어가 버렸다.

---

2   부관 토나니는 소령의 호명에 대답할 때 이탈리아어를 사용한다.

"토나니!" 소령이 불렀다.

"네, 소령님!"

"내게 피닌을 보내도록."

"피닌!" 부관이 소리를 질렀고, 피닌이 방에 들어왔다. "소령님이 찾으셔." 부관이 말했다.

피닌은 오두막의 중앙을 가로질러 소령의 문을 향해 걸어갔다. 그는 반쯤 열린 방문에 노크를 했다. "소령님, 찾으셨습니까?"

"문 닫고 들어와." 부관에게 소령의 말소리가 들렸다.

소령은 방 안 침대에 누워 있었다. 피닌은 침대 옆에 섰다. 소령은 배낭에 여분의 옷가지를 집어넣어서 만든 베개에 머리를 받치고 있었다. 그는 햇볕에 타고 오일을 바른 길쭉한 얼굴로 피닌을 올려다봤다. 두 손은 담요 안에 들어 있었다.

"열아홉 살이라 했지?" 소령이 물었다.

"네, 그렇습니다, 소령님."

"사랑해 본 적이 있나?"

"무슨 말씀이신지요, 소령님?"

"사랑해 본 적이 있느냐고? ─ 아가씨하고 말이야."

"아가씨들이랑 같이 있어 본 적은 있습니다."

"그걸 물어본 게 아냐. 내가 물어본 건, 사랑을 해 본 적이 있느냐는 거야? ─ 아가씨하고."

"네, 그래 본 적이 있습니다. 소령님."

"지금도 그 아가씨와 사랑하고 있나? 그 아가씨에게 편지를 쓰지 않던데. 난 네 편지를 모두 읽고 있거든."

"저는 그녀를 사랑하고 있습니다." 피닌이 대답했다. "하지만 그녀에게 편지를 쓰지는 않습니다."

"확실한 거야?"

"네, 확실합니다."

"토나니," 소령이 똑같은 어조로 말했다. "내 말소리가 들리나?"

그러나 옆방에서는 아무 대답도 없었다.

"내 말이 잘 들리지 않는 모양이군." 소령이 말했다. "그런데도 넌 아가씨를 사랑하다고 확신하는 건가?"

"네, 확신합니다."

"그리고," 소령이 재빨리 그를 쳐다봤다. "넌 부도덕하지도 않았다고 확신한단 말이지?"[3]

"'부도덕'하다니요, 무슨 말씀을 하시는지 잘 모르겠습니다."

"좋아," 소령이 말했다. "잘난 체할 필요 없어."

피닌은 마룻바닥을 쳐다봤다. 소령은 그의 갈색 얼굴을 바라보며 위아래로 훑어보다가 이번에는 손을 쳐다봤다. 그러다가 미소도 짓지 않고 계속 말을 이어 갔다. "그리고 넌 전혀 원하는 게 ㅡ" 소령이 잠시 말을 멈췄다. 피닌은 마룻바닥에 시선을 고정하고 있었다. "네 욕망은 전혀 ㅡ" 피닌은 여전히 마룻바닥을 응시했다. 소령은 배낭 위에 머리를 기대고 미소를 지었다. 그는 적이 마음이 놓였다. 군대 생활이란 너무 복잡했던 것이다. "넌 착한 녀석이야," 소령이 말했다. "피닌, 넌 좋은 녀석이라고. 하지만 잘난 체할 건 없어. 다른 누군가한테 잡히지 않도록 조심해."

피닌은 침대 옆에 가만히 서 있었다.

---

3 소령은 일련의 언행을 통해 동성애자임이 암시되고 있다.

"두려할 것 없어." 소령이 말했다. 그는 두 손을 담요 위에 포개 놓고 있었다. "난 네 손가락 하나 건드리지 않을 거야. 네가 원하면 네 소속 소대로 돌아가도 돼. 하지만 내 당번병으로 그냥 남아 있는 편이 더 좋을 거야. 전사할 가능성이 그만큼 적을 테니까."

"소령님, 뭐 다른 일 시키실 건 없습니까?"

"없어." 소령이 대답했다. "가서 하던 일을 계속해. 나갈 때 방문 좀 열어 두고 가."

피닌은 방문을 열어 둔 채 방을 떠났다. 그가 어색한 걸음으로 방을 가로질러 문 쪽으로 향하자 부관은 그를 올려다봤다. 피닌은 얼굴을 붉힌 채 장작을 갖고 들어왔을 때와는 다르게 움직였다. 부관이 그를 바라보며 미소 지었다. 피닌은 난로에 넣을 장작을 더 가져왔다. 소령은 침대에 누워서 벽의 못에 걸려 있는 천으로 감싼 헬멧과 눈[雪]안경을 바라봤다. 당번병이 마룻바닥을 가로질러 걸어가는 소리가 들렸다. 꼬마 악마 녀석 같으니. 그는 생각했다, 나한테 거짓말을 한 게 아닐까.

어떤 일의 끝

　예전에 호턴스베이[4]는 나무를 베어 목재를 만드는 마을이었다. 그 마을에 사는 사람이면 누구나 호숫가의 목재소에서 들려오는 우렁찬 톱 소리를 듣지 않을 수 없었다. 그러던 어느 해 이제 더는 벌목할 나무들이 남아 있지 않았다. 목재를 싣는 범선들이 만에 들어와서는 마당에 차곡차곡 쌓아 둔 목재를 실었다. 그러고는 산더미 같은 목재를 모두 싣고 떠났다. 커다란 목재소 건물에서 운반할 수 있는 기계는 모조리 일꾼들이 철거하여 범선 한 척에 끌어 올렸다. 범선은 큰 톱 두 개, 회전 원형 톱, 통나무를 들어 올리는 운반차, 롤러, 바퀴, 벨트, 쇠붙이 등을 뱃전까지 수북이 싣고 만에서 빠져나가 광활한 호수로 나아갔다. 무개(無蓋) 선창은 범포로 덮였고, 짐은 밧줄로 단단히 동여맸으며, 범선의 돛은 바람을 안고 잔뜩 부풀었다. 범선은 그 공장을 목재소로, 호턴스베이를 마을로 만들어 준 그 모든 것을 싣고 널찍한 호수 한가운데로 움직여 나아

4　미국 미시간주 북부 샤를부아 호수를 끼고 있는 마을.

갔다.

일 층짜리 합숙소며, 식당이며, 구내매점이며, 목재소 사무실이며, 아예 목재소 자체가 만의 호반 옆 늪지 들판을 뒤덮은 수천 평의 톱밥 속에 그대로 버려졌다.

십 년 뒤 닉과 마저리가 호숫가를 따라 노를 저어 갈 때 이곳엔 벌목한 뒤 늪지에서 다시 자라난 나무들 사이로 깨진 주춧돌의 흰 석회석 부스러기만이 드러나 보일 뿐 목재소의 흔적은 전혀 남아 있지 않았다. 두 사람은 모래가 있는 얕은 곳에서 갑자기 삼 미터 반이 넘는 수심으로 깊이 떨어지는 수로의 둑을 따라 견지낚시를 하고 있었다. 무지개송어를 잡기 위해 밤낚시 줄을 설치하고자 견지낚시를 하며 곶으로 가던 중이었다.

"저기 폐허가 된 우리 마을이 보이네, 닉." 마저리가 말했다.

닉은 노를 저으며 초록 나무 사이로 보이는 하얀 돌을 쳐다보았다.

"저기 보이는군." 닉이 말했다.

"목재소가 있던 때 기억나?" 마저리가 물었다.

"희미하게 기억나지." 닉이 대답했다.

"오히려 성(城)처럼 보이는데." 마저리가 말했다.

닉은 아무 말도 하지 않았다. 호반을 따라 계속 노를 저어 가자 목재소마저 시야에서 사라졌다. 그러고 나서 닉은 곧장 만을 가로질러 나아갔다.

"녀석들이 덤벼들질 않는군." 닉이 말했다.

"그러네." 마저리가 대꾸했다. 견지낚시를 하는 내내 그녀는 얘기할 때조차 낚싯대를 주시했다. 그녀는 낚시를 좋아했다. 닉과 함께하는 낚시를 좋아했다.

뱃전 가까이에서 큼직한 송어 한 마리가 수면을 갈랐다. 닉은 배가 돌면서 훨씬 뒤쪽에 있는 견지 미끼가 먹이를 노리는 송어 쪽에 스치도록 노 하나를 세게 잡아당겼다. 송어의 등이 수면에서 솟아오르자 작은 물고기들이 마구 뛰었다. 작은 물고기들은 마치 탄환 한 줌을 물에 던진 듯 수면에 물방울을 흩뿌렸다. 송어 한 마리가 또 물을 가로지르며 배의 다른 쪽에서 먹이를 물어뜯었다.

"지금 미끼를 먹고 있어." 마저리가 말했다.

"물려고 덤비지는 않을 거야." 닉이 말했다.

그는 배를 돌려 미끼를 먹는 물고기 두 마리를 스쳐 지나갔다. 그렇게 견지낚시를 하고는 곳을 향해 나아갔다. 마저리는 배가 호반에 닿을 때까지는 낚싯줄을 감아 들이지 않았다.

두 사람은 배를 호반 위로 끌어 올렸고, 닉은 살아 있는 농어가 담긴 양동이를 들어 올렸다. 농어들은 양동이 물속에서 헤엄을 쳤다. 닉은 두 손으로 세 마리를 잡아서 대가리를 잘라 내고 껍질을 벗겼다. 마저리도 두 손으로 양동이에 든 물고기를 쫓다가 마침내 농어 한 마리를 잡아서 대가리를 잘라 내고 껍질을 벗겼다. 닉은 그녀가 고기 잡는 모습을 지켜보았다.

"배지느러미를 떼어 내면 별로 좋지 않아. 미끼로 사용하는 데야 상관없지만, 그래도 남겨 두는 편이 나아." 닉이 말했다.

그는 껍질을 벗긴 농어의 꼬리를 한 마리씩 낚싯바늘로 엮어서 붙잡아 맸다. 낚싯대 목줄마다 바늘이 두 개씩 달려 있었다. 그러고 나서 마저리는 이[齒]에 낚싯줄을 물고 닉 쪽을 바라보며 노를 저어 수로의 둑 너머로 나아갔다. 닉은 호반에 서서 낚싯대를 들고 얼레에서 낚싯줄을 풀어냈다.

"그쯤이면 될 것 같아." 닉이 소리를 질렀다.

"이제 줄 던질까?" 마저리도 손에 낚싯줄을 붙잡은 채 닉에게 큰 소리로 물었다.

"그래. 던져." 마저리는 뱃전 밖으로 낚싯줄을 던지고는 미끼가 물속으로 가라앉는 모습을 지켜보았다.

그녀는 배를 타고 돌아와서 똑같은 방법으로 두 번째 낚싯줄을 던졌다. 그럴 때마다 닉은 낚싯대 손잡이를 단단하게 지탱하고자 육중한 유목(流木) 조각을 가로지른 뒤, 또 그 위에 작은 유목 조각을 각이 지도록 버텨 놓았다. 수로의 모랫바닥 위에 늘어진 미끼를 매단 낚싯줄이 팽팽해지도록 얼레를 감은 뒤, 입질에 소리가 나게끔 거기에 방울을 달았다. 호수 바닥에서 먹이를 먹던 송어가 만약 미끼를 문다면 그 순간 미끼와 함께 얼레에 감아 둔 낚싯줄을 끌고 갈 테고, 그러면 얼레에서 방울 소리가 날 것이다.

마저리는 낚싯줄을 건드리지 않으려고 곶의 조금 위쪽으로 노를 저어 갔다. 노를 힘차게 저어 배를 물가 위로 올려놓았다. 배와 함께 작은 파도가 밀려왔다. 마저리가 배에서 내리자, 닉은 호반보다 훨씬 위쪽으로 배를 밀었다.

"왜 그래, 닉?" 마저리가 물었다.

"나도 잘 모르겠어." 닉이 불을 피울 나무를 모으면서 대답했다.

그들은 유목으로 불을 피웠다. 마저리가 배에 가서 담요 한 장을 가지고 왔다. 저녁 바람에 연기가 곶 쪽으로 흐르자, 마저리는 불과 호수 사이에 담요를 깔았다.

마저리는 불을 등지고 담요 위에 앉아서 닉이 오기를 기다렸다. 그가 다가와서 그녀 곁 담요 위에 앉았다. 그들 뒤쪽으로는 벌목한 뒤에 새로 자라난 나무들이 이젠 제법 빽빽하게 들어찬 곳이 자리해 있었다. 그리고 앞쪽으로는 호턴스크릭[5] 하구가 있는 만이 펼쳐져 있었다. 아직 완전히 어두워진 건 아니었다. 모닥불 불빛이 멀리 호수의 수면에까지 어른거렸다. 어두운 물 위로 일정한 각도를 이룬 금속 낚싯대 두 개가 보였다. 얼레 위에도 불빛이 밝게 비쳤다.

마저리는 저녁 식사를 담아 온 바구니를 풀었다.

"별로 먹고 싶지 않은데." 닉이 말했다.

"자, 어서 먹어 봐, 닉."

"그러지 뭐."

그들은 말없이 저녁을 먹으면서 낚싯대 두 개와 물에 비치는 불빛을 지켜보았다.

"오늘 밤에는 달이 뜰 것 같은데." 닉이 말했다. 그는 만을 가로질러 하늘을 배경으로 윤곽이 점차 선명해지는 언덕을 바라보았다. 언덕 너머로 곧 달이 떠오르리라는 사실을 그는 알았다.

"그건 나도 알아." 마저리가 행복한 듯이 말했다.

"넌 모르는 게 없지." 닉이 대꾸했다.

"아, 닉, 제발 그만 집어치워. 제발, 제발 그런 식으로 굴지 좀 마!"

"어쩔 수 없는걸. 사실이잖아. 넌 모르는 게 하나도 없어. 그게 문제야. 그건 너도 잘 알 테지." 닉이 말했다.

마저리는 아무런 대꾸도 하지 않았다.

"내가 모든 걸 가르쳐 줬지. 그건 너도 알 거야. 어쨌든 넌

5   호턴스베이에 있는 하천.

도대체 모르는 게 뭐야?"

"아, 입 다물어." 마저리가 말했다. "저기 달이 뜬다."

그들은 서로 몸을 만지지도 않고, 그저 담요 위에 앉아서 달이 떠오르는 광경을 지켜보았다.

"바보 같은 소리는 그만해. 진짜 고민이 뭐야?" 마저리가 물었다.

"잘 모르겠어."

"알잖아."

"아냐, 정말 몰라."

"그러지 말고 어디 말해 봐."

닉은 언덕 위로 떠오르는 달을 계속 쳐다보았다.

"이런 일이 이젠 즐겁지 않아."

그는 마저리를 쳐다보기가 두려웠다. 조금 뒤 그는 그녀를 쳐다보았다. 그녀는 그를 등지고 앉아 있었다. 그는 그녀의 등을 바라보았다. "이런 일이 이젠 즐겁지 않아. 이젠 재미가 없어. 모든 게 말이야."

마저리는 아무 말이 없었다. 닉은 다시 말을 이었다. "내 마음속에서 모든 게 엉망이 된 기분이야. 마지,[6] 잘 모르겠어. 어떻게 말해야 할지 잘 모르겠어."

닉은 그녀의 등을 쳐다보았다.

"사랑도 이제 재미가 없는 거야?" 마저리가 물었다.

"응, 없어." 닉이 대답했다. 그러자 마저리는 자리에서 일어났다. 닉은 두 손으로 머리를 감싼 채 그 자리에 그대로 앉아 있었다.

6   '마저리'의 애칭.

"난 배를 가지고 갈게. 넌 곶을 돌아서 걸어와." 마저리가 그에게 소리를 질렀다.

"좋아. 배를 밀어 줄게." 닉이 말했다.

"그럴 필요 없어." 그녀가 말했다. 배에 오른 그녀는 달빛을 받으며 물 위에 떠 있었다. 닉은 돌아와서 모닥불 옆 담요에 얼굴을 파묻고 누웠다. 마저리가 물 위에서 노를 젓는 소리가 들렸다.

닉은 오랫동안 그곳에 누워 있었다. 빌이 숲속을 지나서 개간지로 걸어오는 동안에도 그는 누워 있었다. 빌이 모닥불로 다가오는 기척이 느껴졌다. 빌은 그에게 손을 대지도 않았다.

"마저리는 잘 갔어?" 빌이 물었다.

"응." 닉이 담요에 얼굴을 파묻고 누운 채 대답했다.

"소란을 피운 거야?"

"아니, 그러지 않았어."

"지금 기분이 어때?"

"아, 제발 좀 가, 빌! 잠깐만 다른 곳에 가 있어 줘."

빌은 점심 바구니에서 샌드위치 하나를 고른 뒤 낚싯대를 살피려고 걸어갔다.

다른 나라에서

가을이 되면 그곳에서는 언제나 전쟁이 벌어졌지만 우리는 이제 전쟁터에 나가지 않았다. 밀라노의 가을은 춥고 아주 빨리 어두워졌다. 어두워지면 전깃불이 켜졌는데, 이때 쇼윈도를 들여다보면서 거리를 따라 걷는 것이 즐거웠다. 가게 밖에는 사냥에서 잡힌 짐승들이 많이 내걸렸다. 흰 눈이 여우 가죽에 분처럼 뽀얗게 내려앉았고, 바람에 꼬리가 흔들거렸다. 사슴은 내장이 텅 빈 상태로 뻣뻣하고 육중하게 매달렸으며, 작은 새들은 깃털이 뒤집힌 채 바람에 나부꼈다. 차가운 가을이라 바람이 산맥 쪽에서 불어왔다.

우리는 모두 매일 오후가 되면 병원[7]에 갔는데, 어스름 녘에 시내를 지나 병원으로 걸어가는 길은 여러 갈래였다. 그중 운하를 따라 걷는 두 길은 거리가 멀었다. 그러나 병원에 들어가자면 늘 운하에 놓인 다리를 건너야 했다. 다리 세 개 중 하

---

7   이탈리아 밀라노에 위치한 육군 병원 '오스페달레 마조레'를 말한다. 전쟁에서 부상당한 군인들을 치료하는 후방 병원이다.

나를 선택할 수 있었다. 그중 한 다리에서는 아낙네 한 사람이 군밤을 팔았다. 그녀가 지펴 놓은 숯불 앞에 서 있으면 따뜻했고, 군밤을 주머니에 넣으면 머지않아 몸이 따스해졌다. 병원 건물은 매우 낡았지만 아주 아름다웠다. 정문을 통해 들어가서 앞마당을 지나가면 반대쪽 문이 나왔다. 앞마당에서는 장례식이 행해지는 경우가 많았다. 낡은 병원 건물 저편에는 벽돌로 지은 새 별관이 있었다. 매일 오후 우리는 그곳에서 만나 아주 정중하게 치료에 관심을 보이면서 부상을 회복하는 데에 효과가 좋다는 기계 앞에 앉아 있었다.

군의관이 내가 앉아 있는 기계로 다가와서 말했다. "전쟁 전에는 뭘 가장 좋아했나? 운동을 했는가?"

"네, 풋볼을 했습니다." 내가 대답했다.

"좋아, 자네는 전보다 풋볼을 더 잘하게 될 거야." 그가 말했다.

내 한쪽 무릎은 굽혀지지 않았으므로, 그쪽 다리는 무릎에서 발목까지 종아리도 없이 곧게 뻗어 있었다. 기계는 그런 무릎을 굽혀서 마치 세발자전거를 탈 때처럼 움직일 수 있게 해 준다고 했다. 그러나 무릎은 아직 굽혀지지 않았고, 굽히는 데에 이르면 오히려 기계가 갑자기 기울어졌다. 군의관이 말했다. "그런 증상은 다 없어질 거야. 자네는 운이 좋은 젊은이야. 선수처럼 다시 풋볼을 하게 될 테니까."

옆자리 기계에는 한쪽 손이 갓난아이의 손처럼 조그맣게 오므라든 소령이 앉아 있었다. 그의 손은 두 가죽띠 사이에 끼어 있었는데, 가죽띠가 위아래로 움직이면서 마비된 손가락들을 찰싹찰싹 때렸다. 군의관이 그의 손을 살펴보자 소령은 내게 눈짓을 하면서 군의관에게 말했다. "군의관 대위, 나도 풋볼을 할 수 있을까?" 그는 아주 훌륭한 펜싱 선수로, 전쟁[8] 전에는 이탈리아에서 가장 뛰어난 펜싱 선수였다.

군의관은 뒤쪽에 있는 사무실로 가더니 사진 한 장을 들고 왔다. 기계 치료를 받기 전에는 소령의 손처럼 작게 오므라들었던 손이 기계 치료를 받고 난 뒤 조금 커진 모습을 보여 주는 사진이었다. 소령은 성한 손으로 사진을 받아 들고 아주 신중하게 그것을 바라보았다. "부상이었나?" 그가 물었다.

"산업 재해였습니다." 군의관이 대답했다.

"아주 흥미롭군. 아주 흥미로워." 소령은 이렇게 말한 뒤 군의관에게 사진을 돌려주었다.

"소령님도 믿으시는 거죠?"

"아니." 소령이 대답했다.

나와 나이가 비슷한 청년 세 사람도 날마다 병원에 다니고 있었다. 세 사람 모두 밀라노 출신으로 한 사람은 변호사, 한 사람은 화가 그리고 또 다른 사람은 직업 군인 지망생이었다. 기계 치료가 끝나면 우리는 가끔 라스칼라[9] 극장 옆에 자리 잡은 코바 카페로 함께 걸어갔다. 일행이 모두 넷이나 되었으므로 우리는 거리낌 없이 공산주의자들이 모여 사는 지역을 통과하는 지름길을 택해서 걸었다. 사람들은 단지 장교라는 이유로 우리를 끔찍이 싫어했다. 그래서 우리가 길을 지나갈 때면 술집에서 누군가가 "아 바소 글리 우피치알리!"[10]라며 욕지거리를 퍼붓곤 했다. 때로는 한 사람이 더 늘어서 우리

8   1차 세계 대전(1914~1918)을 말한다.

9   밀라노에 있는 유명한 오페라 극장.

10   "장교 놈들을 때려눕혀라!"라는 뜻의 이탈리아어.

일행은 다섯이 되기도 했다. 그 무렵 그는 코가 없어서 재건 수술을 앞두고 있었는데, 그동안 검은 실크 손수건으로 얼굴을 가리고 다녔다. 사관 학교에서 곧장 전선에 투입되었고, 처음 전선에 나가자마자 한 시간도 안 돼서 부상을 입고 말았던 것이다. 그는 결국 안면 재건 수술을 받았으나, 워낙 유서 깊은 가문의 출신다운 코만은 원래 형태를 완전히 회복하지 못했다. 그는 뒷날 남아메리카에 가서 은행원이 되었다. 그러나 이마저 오래전의 일이었고, 또 그때는 우리 중 어느 누구도 장래의 일을 알지 못했다. 우리가 알았던 것이라고는 그 무렵 거기에선 언제나 전쟁이 벌어졌지만 이제 우리는 더 이상 전쟁터에 나가지 않아도 된다는 사실이었다.

얼굴에 검은 실크 손수건을 두른 청년을 제외하고는 우리 모두 같은 훈장을 받았다. 그 청년은 훈장을 받을 만큼 전선에 오래 머물지 않았다. 변호사 지망생으로 얼굴이 몹시 창백하고 키가 컸던 청년은 아르디티[11] 부대의 중위였는데, 우리가 하나밖에 받지 못한 훈장을 무려 세 개나 받았다. 아주 오랫동안 죽음과 함께 살아온 그에게서는 어딘지 모르게 조금 초연한 분위기가 풍겼다. 물론 우리들 역시 모두 조금씩은 초연했지만, 매일 오후 병원에서 만난다는 사실을 제외하면 우리에겐 아무런 공통점이 없었다. 어둠 속에서 시내의 가장 난폭한 지역을 지나 코바까지 걸어갈 때면 술집에서는 불빛과 노랫소리가 새어 나왔다. 가끔 사람들이 인도에서 밀치락달치락하였으므로 그들을 밀어 헤치고 나아가야 할 때는 심지어 한길로 걸어가야만 했다. 그런데 그때 우리는 우리를 싫어하는

---

11 1차 세계 대전 중에 활약한 이탈리아의 육군 엘리트 돌격 부대.

사람들이 이해하지 못하는 그 무엇을 겪었다는 사실 때문에 서로 유대감을 느끼기도 했다.

우리는 모두 코바 카페를 잘 알았다. 그곳은 화려하면서도 따뜻했고, 조명이 지나치게 밝지도 않았으며, 때로는 시끄럽고 담배 연기가 자욱했다. 테이블에는 언제나 아가씨들이 있었고, 벽의 신문걸이에는 삽화가 그려진 신문이 있었다. 코바의 아가씨들은 애국심이 무척 강했다. 이탈리아에서 가장 애국심 강한 사람들이 카페의 아가씨들이라는 사실을 나는 깨닫게 되었다. 그리고 나는 지금도 여전히 그들의 굳건한 애국심을 믿고 있다.

청년들은 처음에 내 훈장에 대해 매우 정중한 태도를 취했으며, 어떤 공훈을 세웠기에 그것을 받았느냐고 물었다. 나는 그들에게 훈장 서류를 보여 주었다. 그 서류에는 '우애'와 '극기' 같은 말들로 가득한 온갖 미사여구가 적혀 있었지만, 형용사를 빼고 나면 결국 내가 미국인이기 때문에 훈장을 받았다고 쓰여 있을 뿐이었다. 그 뒤로 나를 대하는 그들의 태도가 조금씩 달라지기 시작했다. 물론 다른 국외자들에 비하면 나는 여전히 그들의 친구였지만 말이다. 그러나 아무리 친구라 할지라도 그들이 훈장 서류를 읽은 뒤부터 나는 진정한 그들의 일부가 될 수 없었다. 그들은 사정이 달랐고, 또 훈장을 받으려면 나와는 매우 다른 행동을 해야 했기 때문이다. 물론 나도 분명히 전쟁터에서 부상을 입었지만 그 부상이란 결국 우연한 사건에 지나지 않음을 우리 모두 잘 알고 있었다. 그러나 나는 훈장에 대해 단 한 번도 부끄럽게 생각해 본 적이 없었고, 각테일을 마신 뒤에는 가끔 그들이 성취한 공훈을 나 역시 세웠다고 상상해 보기도 했다. 그러나 찬바람이 휘몰아치고 모든 상점이 문을 닫는 밤에 텅 빈 거리를 애써 가로등 불빛을 찾아가며 집으로 돌아올 때면, 나는 그런 용맹한 행위를 도저히 해내지 못하리라는 점을 깨달았다. 나는 죽음이 몹시 두려웠다. 밤에 홀로 누워 있으면 죽는 게 겁이 났고, 다시 전선으로 돌아가면 어떻게 될지 자주 생각했다.

훈장을 받은 세 사람은 사냥매와 같았다. 사냥해 본 일이 없는 사람에게는 나도 매처럼 보였을지 모르지만 나는 사냥매가 아니었다. 그들 세 사람이 어리석지 않았던 만큼 우리 관계는 점점 소원해졌다. 그러나 나는 전선에 나간 첫날에 부상당한 청년과는 계속 친하게 지냈다. 그 무렵 그는 자신이 어느 쪽에 속하는지 모르고 있었다. 그래서 그는 어느 편에도 속할 수가 없었다. 나는 그를 결코 사냥매라고 생각하지 않기 때문에 그를 좋아했다.

예전에 훌륭한 펜싱 선수였던 소령은 용기라는 것 자체를 믿지 않았는데, 우리가 함께 기계에 앉아 있는 동안 내 문법을 바로잡아 주는 데 많은 시간을 할애했다. 그는 내가 이탈리아어를 잘한다고 칭찬해 주었으며, 우리 두 사람은 아주 수월하게 대화를 나누었다. 그러던 어느 날 나는 이탈리아어가 너무 쉬운 언어인 까닭에 별로 흥미를 느낄 수 없다고 털어놓았다. 무슨 표현이든 말하기가 너무 쉽다고 말이다. "아, 그래. 그렇다면 이제부터 문법에 맞는 표현을 써 보지 않을 텐가?"라고 소령이 말했다. 그래서 우리는 문법에 맞는 표현을 사용하게 됐고, 그러자 곧 이탈리아어는 내게 너무 어려운 언어가 되어 버렸다. 결국 머릿속으로 문법을 정리하고 난 다음이 아니고서는 그에게 말을 거는 일을 꺼리게 되었다.

소령은 매우 규칙적으로 병원에 나왔다. 하루도 거르는

법이 없었던 것 같다. 그러나 그가 기계를 믿지 않았다는 점만큼은 확실하다. 한때 우리 모두가 기계의 효능을 의심한 적이 있었다. 그러던 어느 날 소령은 기계 따윈 하나같이 말도 안 되는 물건이라고 말했다. 당시 그 기계는 새로 개발되었기 때문에 바로 우리가 효능을 입증해야 했다. 그런 짓은 바보 같은 발상이며 "다른 이론과 마찬가지로 또 하나의 이론"에 지나지 않는다고 그는 말했다. 나는 끝내 이탈리아어 문법을 익히지 못했다. 그러자 그는 나를 구제 불능인 데다 수치스러운 인간이라고 쏘아붙이면서 나 같은 사람을 데리고 애쓴 자신이 어리석었다고 말했다. 몸집이 작은 그가 기계 속에 오른손을 밀어 넣고 의자에 똑바로 앉아서 정면의 벽을 응시하는 동안, 가죽띠는 그의 손가락들을 위아래로 찰싹찰싹 움직였다.

"전쟁이 끝나면 자네는 무슨 일을 할 작정인가?" 그가 내게 물었다. "자, 어디 문법에 맞게 대답해 봐!"

"미국에 갈 겁니다."

"결혼은 했나?"

"아뇨, 그렇지만 하고 싶습니다."

"자네는 더더욱 바보로군. 남자는 결혼하면 안 돼." 그가 말했고, 매우 화가 나 있는 듯했다.

"왜 그런가요, '시뇨르 마조레'?"[12]

"나를 '시뇨르 마조레'라고 부르지 마."

"남자는 왜 결혼을 하면 안 되나요?"

"사나이는 결혼을 하면 안 돼. 절대로 결혼해선 안 된다고." 그가 성내면서 말했다. "만약 모든 걸 잃을 수도 있다면

---

12 '시뇨르 마조레'는 '소령님'이라는 뜻의 이탈리아어.

그런 입장에 서선 안 되지. 잃어버릴 입장엔 서질 말아야 해. 잃어버릴 수 없는 것을 찾아내야 해."

소령은 몹시 노여워하며 비통한 표정으로 얘기하는 동안에도 앞쪽을 똑바로 응시했다.

"하지만 어째서 꼭 잃어버릴 거라고 생각하십니까?"

"잃게 될 거야." 소령은 여전히 벽을 바라보며 대답했다. 그러고는 기계 쪽으로 시선을 떨어뜨리더니 갑자기 가죽띠에서 조그마한 손을 빼냈고, 곧장 자기 허벅지를 호되게 때렸다. "잃게 될 거야. 더 이상 토 달지 마!" 그의 목소리는 거의 외침에 가까웠다. 이어서 그는 기계를 조작하는 보조원에게 큰 소리로 말했다. "이리 와서 이놈의 기계 좀 꺼 버려."

그는 광선 치료와 안마를 받기 위해 다른 방으로 이동했다. 이윽고 군의관에게 전화를 사용해도 괜찮겠느냐고 물어보는 소리가 들리더니 그가 문을 닫았다. 소령이 다시 방으로 돌아왔을 때 나는 다른 기계에 앉아 있었다. 그는 외투를 입고 모자를 쓰더니 곧장 내가 있는 기계 쪽으로 걸어와서 내 어깨에 팔을 올려놓았다.

"미안하네." 이렇게 말한 뒤 그는 성한 손으로 내 어깨를 가볍게 두들겼다. "화를 내지 말았어야 하는데. 내 아내가 방금 죽었다네. 용서해 주게."

"아…… 정말 뭐라고 말씀드려야 할지." 나는 그가 딱하다고 생각하며 말했다.

그는 아랫입술을 깨물며 그 자리에 서 있었다. "아주 힘이 드는군. 도저히 단념이 안 돼." 그가 말했다.

소령은 내 얼굴을 똑바로 지나쳐 창밖을 바라보았다. 그리고 그는 울기 시작했다. "도저히 단념이 안 돼." 이렇게 말하는 그의 목이 차차 메어 왔다. 마침내 그는 머리를 들어 허공을 바라보면서 울었다. 그러고는 군인답게 몸을 똑바로 가누고 두 뺨에 흐르는 눈물을 놔둔 채 입술을 깨물면서 기계 옆을 지나 문밖으로 나갔다.

군의관은 내게 소령의 젊은 아내가 폐렴으로 사망했다고 말해 주었다. 소령이 전쟁터에서 완전히 불구가 되어 돌아온 뒤에야 비로소 결혼했던 아내가 말이다. 그녀가 앓은 시간은 단 며칠뿐이었다. 아무도 그녀가 죽으리라고는 생각하지 않았다. 소령은 사흘 동안 병원에 나오지 않았다. 며칠 뒤 그는 군복 소매에 검은 상장(喪章)을 달고 여느 때와 같은 시각에 나왔다. 그가 병원에 돌아왔을 때 벽에는 표구한 커다란 사진들이 사방에 걸려 있었다. 기계 치료를 받기 전후의 온갖 환부를 찍어 놓은 사진이었다. 소령이 사용하는 기계 앞에는 온전히 제 모습을 찾은, 소령의 손과 같은 사진이 석 장 걸렸다. 군의관이 어디서 그런 사진들을 입수했는지는 모를 일이었다. 나는 전부터 우리가 이 기계를 최초로 사용하는 이들이라고 알고 있었다. 늘 창밖만을 바라보는 소령에게야 그 사진들이 있든 없든 아무 상관도 없었을 테지만 말이다.

세계의 수도

마드리드에는 파코라는 이름을 가진 소년들이 아주 많다. 파코란 프란시스코를 줄여서 부르는 애칭이다. 마드리드의 우스갯소리 중에 이런 말이 있다. 아들을 찾아서 마드리드에 온 어느 아버지가 《엘 리베랄》 신문의 광고란에 "파코, 화요일 정오에 몬타나 호텔로 나를 찾아오너라. 모든 것을 용서한다. 아버지가."라는 광고를 낸 적이 있다. 그랬더니 무려 팔백 명이나 되는 젊은이들이 그 광고를 보고 몰려와서 경찰 한 중대가 출동하여 그들을 해산시켜야 했다는 얘기다. 그러나 여기서 말하는 파코라는 소년은 루아르카 펜션에서 심부름을 하는 웨이터로 그에게는 자기를 용서해 줄 아버지도, 또 아버지의 용서를 받아야 할 아무런 까닭도 없었다. 그에게는 누나가 둘 있었는데 같은 루아르카 펜션에서 하녀 노릇을 했다. 예전에 이 루아르카 펜션에서 하녀로 일했던 한 여자가 무척 근면한 데다 정직했으므로 그녀의 고향과 그곳 출신 사람들마저 성실하다는 평판을 얻었다. 따라서 바로 그 마을 출신이라는 이유 하나만으로 하녀 자리를 얻었던 것이다. 그런 뒤 두 누나는 파코가 마드리드에 나올 수 있도록 버스값을 치러 주고, 수습 웨이터 자리까지 마련해 주었다. 파코는 에스트레마두라[13]의 어느 마을 출신이었다. 생활 조건이 믿기지 않을 만큼 원시적인 데다 먹을거리도 부족하고, 오락 시설 따위는 전혀 알려져 있지 않았던 그곳에서 그는 기억할 수 있는 무렵부터 죽어라고 일만 해 왔다.

파코는 다부져 보이는 몸집에, 머리카락이 새까맣고 약간 곱슬거렸으며, 고른 치아에 살결은 누나들이 부러워할 만큼 고왔다. 또 그는 늘 자연스러운 미소를 띠었다. 동작이 날쌔서 일도 곧잘 했으며, 아름답고 세련된 누나들을 사랑했다. 그는 마드리드를 사랑했지만 아직도 그 도시가 실재한다는 사실을 믿지 않았다. 또 그는 자신의 일도 사랑했다. 밝은 불빛 아래 깨끗한 리넨이 깔린 식탁에서 정복을 차려입고, 게다가 부엌에는 먹을 것 역시 얼마든지 있었으므로 그의 일은 자못 낭만적으로 근사해 보였다.

루아르카에 머물며 식당에서 식사를 하는 사람은 여덟 명에서 열두 명 정도였지만, 식사 시중을 드는 세 웨이터 중 가장 나이 어린 파코에겐 오직 투우사만이 진짜 손님처럼 보였다.

이 펜션에 머무는 이들은 대개 이류 투우사들이었는데, 그 까닭은 산헤로니모 거리에 있어서 위치가 좋을 뿐 아니라 음식 맛도 훌륭하고, 심지어 하숙비마저 쌌기 때문이다. 화려하게 치장할 필요까지는 없었지만 투우사라면 적어도 존경받을 만한 외형을 갖춰야 했다. 단정한 몸가짐과 위엄 있는 행실은 스페인에서 가장 높이 평가받는 미덕으로, 용기보다 더 중

---

13 스페인 서부에 위치한 자치 지역으로, 서쪽으로는 포르투갈과 접해 있다.

요하게 여겨질 정도였다. 그래서 투우사들은 마지막 한 푼이 다 떨어질 때까지 이 루아르카에 머물렀다. 투우사들이 루아르카를 떠난 뒤 이보다 좋고 값비싼 호텔로 옮겨 갔다는 기록은 아직 없다. 이류 투우사들은 결코 일류 투우사가 되는 법이 없었다. 루아르카에서 더 낮은 호텔로 옮기는 것은 순식간의 일이었다. 무엇이든 일을 하는 사람이라면 누구나 이곳에 머물 수 있었고, 또 루아르카를 경영하는 여자 주인은 그들 일에 아무 희망도 없다고 판단될 때까지, 또 손님이 먼저 요구하지 않는 한 계산서를 내밀지 않았기 때문이다.

이 무렵 루아르카에는 아주 훌륭한 피카도르[14] 두 명과 뛰어난 반데리야로[15] 한 명, 그리고 이들과 함께 최고의 투우사 세 명이 머물고 있었다. 루아르카 펜션은 피카도르와 반데리야로에겐 분수에 넘치는 곳이었다. 그들 가족은 세비야에 있지만 봄 시즌 동안엔 마드리드에 숙소를 마련해야 했다. 그런데 이들은 보수가 좋았고, 다음 시즌 계약까지 여럿 맺은 투우사들에게 미리 고용되어 있었다. 따라서 이들 세 하급 투우사들은 저마다 정식 투우사 세 사람보다 돈을 더 많이 벌었는지도 모른다. 정식 투우사 셋 중 한 명은 병을 앓았는데, 그는 그 사실을 감추려고 애썼다. 또 한 명은 참신한 묘기를 자랑하던 투우사로 한때 인기를 누렸지만 이제는 관중한테서 잊히고 말았다. 그리고 세 번째 투우사는 겁이 많았다.

---

14 투우를 시작하기 전에 창으로 황소의 목을 찔러서 도발하는 사람. 황소를 죽이는 투우사인 마타도르(matador)의 조수 격이다.

15 '반데리야'를 사용하는 투우사. 반데리야는 투우할 때 사용하는 창으로, 화려한 색깔로 장식되어 있고 끝에는 쇠갈고리가 달려 있다.

이 겁쟁이 투우사도 예전엔 최고의 투우사로서 아주 용감무쌍했고 뛰어난 솜씨를 자랑했다. 첫 시즌이 시작되었을 무렵, 뿔에 받혀 아래쪽 복부에 심한 상처를 입기 전까지는 말이다. 그래서인지 그는 아직도 화려했던 시절의 호탕한 버릇을 대부분 그대로 간직하고 있었다. 지나칠 정도로 쾌활해서 웃을 일이 있건 없건 늘 웃었다. 한창 잘나가던 시절에는 짓궂은 농담을 일삼았지만 이제 그런 버릇은 다 버렸다. 사람들은 바야흐로 그 사람에게 더는 감정이 남아 있지 않다고 확신했다. 여하튼 이 투우사는 지적이고 솔직한 표정을 짓고 있으면서도 꽤나 멋을 부렸다.

병을 앓는 투우사는 조심성이 많아서 아픈 티를 조금도 내지 않았고, 식탁에 차려 놓은 음식을 조금뿐일지라도 빠짐없이 모조리 맛보는 등 지나칠 만큼 소심했다. 그는 손수건도 꽤 많이 가지고 있었는데, 그것을 하나하나 자기 방에서 손수 빨곤 했다. 그리고 최근에는 자신의 투우복마저 팔아 치웠다. 한 벌은 크리스마스 전에 헐값에 처분했고, 4월 첫 주에 또 한 벌을 팔아 치웠다. 투우복은 값비쌌기 때문에 언제나 소중히 간수했으며, 그에게는 아직 한 벌이 더 남아 있었다. 병으로 앓아눕기 전까지 꽤 전도 유망하고, 한때는 선풍적인 관심을 불러일으키던 투우사였다. 마드리드에서 데뷔할 무렵에는 벨몬테[16]보다 훌륭하다는 평을 들었는데, 일자무식임에도 그는 그때의 신문 기사를 오려서 스크랩해 두었다. 그는 조그마한 식탁에서 혼자 식사를 했고, 얼굴은 거의 들지 않았다.

---

16   후안 벨몬테(Juan Belmonte, 1892~1962). 스페인의 전설적인 투우사로, 흔히 투우 역사상 가장 훌륭한 투우사로 평가받는다.

한편 참신한 묘기로 이름을 날렸던 투우사는 작달막한 키에 낯빛이 누르스름했는데, 꽤나 점잔을 빼고 있었다. 그 역시 다른 식탁에서 혼자 식사를 했으며, 좀처럼 미소 짓는 법이 없었고 소리 내서 웃는 일은 아예 없었다. 몹시 진지하다는 평을 듣는 바야돌리드[17] 출신의 유능한 투우사였다. 용감무쌍하며 침착한 태도가 장점이었지만, 그의 투우 스타일은 이런 장점에도 불구하고 관중의 사랑을 받기도 전에 이미 시대에 뒤떨어지고 말았다. 그러므로 포스터에서 그의 이름을 보고 투우장에 가는 관객은 단 한 명도 없었다. 그의 이색적인 특징이라면 키가 너무 작아서 황소의 양쪽 어깨뼈 사이에 솟아오른 부분 위로는 전혀 보이지 않는다는 점이었다. 그러나 키 작은 투우사는 그 말고도 얼마든지 있었으므로 그는 관중의 사랑을 결코 받은 적이 없었다.

피카도르 중 한 사람은 몸이 마르고 매 같은 얼굴에 머리카락이 희끗희끗한 사나이로, 날씬하지만 팔다리는 강철과 같았다. 바지 밑에는 늘 목부(牧夫)의 신발을 신었고, 저녁마다 고주망태가 되도록 술을 마셨으며, 이 펜션의 아무 여자에게나 음탕한 눈길을 던지곤 했다. 다른 피카도르는 몸집이 큰 데다 가무잡잡한 구릿빛 얼굴을 한 미남으로, 인디언처럼 새까만 머리카락에 손이 엄청나게 컸다. 둘 다 쓸 만한 피카도르였지만 첫 번째 사람은 술과 방탕한 생활 탓에 훌륭한 기량의 대부분을 잃었다는 소문이 돌았고, 두 번째 사람은 너무 고집쟁이에다 싸움을 좋아해서 어떤 투우사하고도 한 시즌 이상

---

17 스페인 북중부에 위치한 유서 깊은 도시로, 피수에르가강과 에스게바강이 만나는 지점에 자리해 있다.

같이 일을 못 한다는 소문이 나돌았다.

반데리야로는 머리카락이 희뜩한 중년으로, 나이에 비해 몸이 날렵했다. 식탁에 앉아 있는 그의 모습은 그런대로 돈깨나 만지는 사업가처럼 보였다. 두 다리는 이번 시즌에도 여전히 쓸모가 있었으므로, 그 다리만 잘 움직여 준다면 머리 역시 잘 돌아가고 경험 또한 충분했기에 오랫동안 정기적으로 고용될 가능성이 있었다. 아직 그는 투우장 안팎에서 자신만만하고 침착하게 굴지만 혹시라도 그 빠른 발동작을 잃게 된다면 매사에 겁을 낼 터였다.

이날 저녁, 모든 사람이 떠난 식당에는 술을 지나치게 마시는 매 같은 얼굴의 피카도르, 역시 술을 너무 많이 마시고 얼굴에 반점이 있는 데다 스페인의 시장과 축제에서 시계를 경매하는 사람, 그리고 갈리시아[18]에서 온 신부 두 명만이 남아 있었다. 그런데 이 신부들은 귀퉁이 식탁에 앉아서 과하게는 아니더라도 제법 적잖이 술을 마시고 있었다. 그 무렵 포도주값은 호텔 숙박비에 포함되어 있었으므로 웨이터들은 처음엔 경매인의 식탁에, 그 뒤엔 피카도르의 식탁에, 마지막엔 두 신부의 식탁에 발데페냐스[19] 포도주병을 막 가져다 놓은 참이었다.

웨이터 세 사람은 식당 끄트머리에 서 있었다. 이 호텔의 규칙에 따라 각자 맡은 손님들이 식탁에서 일어날 때까지 자리를 지켜야 했다. 그러나 신부 두 사람을 책임진 웨이터는 아

---

18 스페인 서북부에 위치한 지방.

19 스페인 라만차 지역의 와인 산지.

나코 생디칼리스트[20] 집회에 참석하기로 약속되어 있었기에 파코가 대신 그의 식탁을 맡아 주기로 했다.

2층에선 병을 앓는 투우사가 침대에 얼굴을 파묻고 혼자 누워 있었다. 이제 참신하다는 명성을 잃어버린 투우사는 창밖을 내다보면서, 어디 카페라도 나가 볼까, 생각하며 외출 준비를 했다. 겁쟁이 투우사는 파코의 누나 중 하나를 자기 방에 데려와서 무언가를 요구했고, 그녀는 웃으면서 그 부탁을 거절했다. "제발, 이 잔인한 아가씨야." 투우사는 이렇게 응수했다.

"안 돼요. 내가 왜 그래야 해요?" 파코의 누나가 말했다.

"부탁이야."

"식사를 마쳤으니 이제 나를 후식으로 삼으려는 거군요."

"딱 한 번만. 그리 해가 될 것도 없잖아?"

"날 그냥 내버려 둬요. 제발 가만히 내버려 두라니까요."

"그리 대단한 일도 아니잖아."

"그냥 내버려 두라고요."

아래층 식당에서는 집회 시간에 늦은 제일 키 큰 웨이터가 투덜거렸다. "저 시커먼 돼지 같은 놈들이 술 마시는 꼴 좀 봐요."

"그런 식으로 말하면 안 되지. 저분들은 점잖은 단골손님이야. 그리고 그다지 많이 마시는 것도 아니잖아." 두 번째 웨이터가 대꾸했다.

"나로선 점잖게 말하는 거예요." 키 큰 웨이터가 말했다. "스페인에는 저주받을 게 두 가지 있어요. 하나는 투우사고,

20 무정부 노동조합주의자.

다른 하나는 성직자예요."

"하지만 투우사고, 성직자고 하나하나 개별적으로 따져 보면 반드시 그렇게 나쁘지만도 않아." 두 번째 웨이터가 얘기했다.

"그렇죠. 하지만 개인을 통해서만 전체 계급을 공격할 수 있거든요. 그러니 개별적인 투우사와 개별적인 성직자를 죽여 버려야 해요. 모조리 다요. 한 놈도 안 남을 때까지 말이죠." 키 큰 웨이터가 말했다.

"그런 발언은 집회를 위해 남겨 두시지." 다른 웨이터가 말했다.

"마드리드가 얼마나 야만적인지 봐요. 11시 30분이 다 된 이 시각까지도 술을 퍼마시고 있으니." 키 큰 웨이터가 말했다.

"10시가 돼서야 겨우 식사를 시작했잖아. 자네도 알다시피, 아직 요리 역시 많이 남아 있고. 게다가 포도주값이 싼 데다 그 술값도 다 치렀어. 또 독한 술도 아니잖아." 다른 웨이터가 대꾸했다.

"아저씨처럼 어리석은 사람들 때문에 노동자들끼리 단결이 안 되는 거예요." 키 큰 웨이터가 말했다.

"이봐, 난 평생 동안 일만 해 왔네. 심지어 여생 내내 일을 해야 해. 그래도 일에 대해선 어떤 불평도 하지 않아. 일하는 건 당연한 거야." 이제 쉰 살인 두 번째 웨이터가 말했다.

"그래요, 일이 없으면 사람은 죽죠."

"난 늘 일을 해 왔단 말이야. 자넨 어서 집회에나 가게. 여기 있을 필요가 없잖아." 나이 많은 웨이터가 말했다.

"아저씨는 훌륭한 동지예요. 하지만 이데올로기가 전혀 없어요." 키 큰 웨이터가 선언했다.

"메호르 시 메 팔타 에소 케 엘 오트로.[21] 어서 미틴[22]에나 나가게." 나이 많은 웨이터가 대꾸했다.

파코는 말없이 가만히 있었다. 그는 정치에 대해서라면 아직 아무것도 이해하지 못했지만, 키 큰 웨이터가 신부와 민병대를 모두 죽여야 한다고 말하는 소리를 들을 때마다 전율했다. 그에게 있어서 키 큰 웨이터는 혁명을 의미했고, 혁명은 낭만적인 것이었다. 파코는 선량한 가톨릭 신자도, 혁명주의자도, 또 이와 같이 안정된 직장의 노동자도 되고 싶었지만 동시에 투우사도 되고 싶었다.

"집회에나 다녀와요, 이냐시오. 내가 대신 맡아서 할 테니." 파코가 말했다.

"우리 둘이서 같이 하자." 나이 많은 웨이터가 말했다.

"혼자서도 넉넉히 할 수 있어요. 어서 집회에나 가요." 파코가 말했다.

"푸에스, 메 보이."[23] 키 큰 웨이터가 말했다.

그러는 동안 2층에서는 파코의 누나가 마타도르의 포옹에서 마치 레슬링 선수처럼 살짝 몸을 비틀며 교묘하게 빠져나오고 있었다. 그러고는 발끈 화를 내며 한마디 쏘아붙였다. "이 사람들은 만날 굶주리기만 했나 봐. 실패한 투우사 주제에! 겁만 잔뜩 남아 가지고는! 아직도 그런 용기가 남아 있거든 투우장에서나 멋지게 발휘해 보시든가."

"그건 창녀나 지껄이는 말투야."

<hr>

21 "일이 없는 것보다 차라리 다른 게 없는 편이 낫다."라는 뜻의 스페인어.

22 mitin. 집회나 회합을 뜻하는 스페인어.

23 "그래, 간다."라는 의미의 스페인어.

"창녀도 여자예요. 난 창녀가 아니지만요."

"너도 그렇게 될 거야."

"당신과는 어림도 없어요."

"어서 나가." 투우사가 내뱉었다. 그녀한테서 거절당한 그는 비겁함이 되살아나고 있음을 느꼈다.

"나가라고요? 못 나갈 거 없죠. 하지만 이불을 깔아 드려야 해요. 그건 내가 돈받고 하는 일이니까요." 파코의 누나가 말했다.

"어서 나가라니까!" 투우사는 잘생긴 얼굴을 찡그리면서 울상이 된 채 소리쳤다. "이 갈보년, 이 더러운 갈보년!"

"예, 투우사님, 나의 투우사님." 파코의 누나는 문을 닫으면서 말했다.

투우사는 방 안 침대 위에 앉아 있었다. 여전히 얼굴을 찡그리고 있었다. 그런데 그는 투우장에서 한결같은 미소로 이처럼 험악한 얼굴을 감추고 있었으므로 그런 모습을 익히 아는 좌석 첫 줄의 관람자들이라면 겁을 집어먹을 터였다. "이년이! 이년이! 이년이!" 그는 큰 소리로 부르짖었다.

그는 한창 이름을 떨치던 시절을 떠올렸다. 지금으로부터 겨우 삼 년 전의 일이었다. 5월 어느 무더운 날 오후, 금실로 수놓은 비단 투우복이 그의 어깨를 묵직하게 누르던 그 느낌을 기억할 수 있었다. 그때 그의 목소리는 투우장에 있을 때나 카페에 앉아 있을 때나 늘 똑같았다. 그는 아래쪽으로 기울어진 뾰쪽한 칼날을 따라 황소의 어깨 꼭대기 지점을 얼마나 멋들어지게 겨눴는지 모른다. 그가 황소를 죽이려고 덤벼들 때저 아래로 숙인, 널찍하고, 나무같이 울리고, 끝부분은 나뭇조각처럼 뾰족한 뿔 위쪽, 짧은 털이 돋은 시꺼먼 살덩어리에는 먼지가 뿌옇게 쌓여 있었다. 또 그때 손바닥으로 칼자루를 밀고, 나지막하게 교차된 왼쪽 팔을 따라 왼쪽 어깨를 앞쪽으로 기울이며 몸무게를 왼쪽 다리에 실었다가 거기서 무게를 뗄 때 칼날은 그 단단한 살덩이 속으로 얼마나 쉽게 쑥 들어갔던가. 그의 몸무게는 아랫배 쪽에 실려 있었고, 황소가 머리를 쳐드는 바람에 뿔은 보이지 않았다. 결국 그는 사람들이 자기를 잡아당길 때까지 두 차례나 그 뿔 위에서 대롱거려야 했다. 그래서 이제 그는 황소를 죽이려 덤벼들 때 도저히 뿔을 쳐다볼 수가 없었다. 그가 투우하기 전에 어떤 일을 겪었는지 과연 어느 창녀인들 알겠는가? 그리고 자기를 비웃는 사람들은 당최 무엇을 겪어 왔단 말인가? 그자들은 하나같이 창녀들이었고, 또 자기들이 어떤 짓을 할 수 있는지 잘 알고 있었다.

아래층 식당에는 피카도르가 신부들을 쳐다보며 앉아 있었다. 만약 그 안에 여자들이 있었다면 그는 여자들을 쳐다보았을 것이다. 여자들이 없는 날이면 잉글레스[24] 같은 외국인이라도 흥미롭게 빤히 바라보았을 터다. 그러나 지금은 여자들도, 외국인들도 없었으므로 그는 신부 두 사람을 재미있다는 듯이 무례하게 응시하고 있었다. 그가 뚫어져라 바라보는 동안 반점이 있는 경매인은 자리에서 일어났다. 그러고는 냅킨을 접더니, 자신이 주문한 마지막 술병을 반 이상이나 그대로 남겨 둔 채 식당을 떠났다. 만약 루아르카 호텔에서 포도주 값을 따로 계산했더라면 그는 아마 술병을 탁탁 털어서 단 한 방울도 남기지 않고 다 마셨으리라.

두 신부는 자기들을 바라보는 피카도르를 쳐다보지 않았

---

24 '영국인'을 뜻하는 스페인어.

다. 한 신부가 이렇게 말했다. "그 사람을 만나려고 여기 와서 기다린 지 벌써 열흘이나 되었어요. 온종일 객실에 앉아 있었지만 나를 만나 주려고 하지 않는군요."

"그럼 어떻게 할 겁니까?"

"모르겠어요. 무슨 방법이 있을까요? 당국에 맞설 수도 없으니."

"나도 여기에 온 지 벌써 이 주나 되었는데 역시 헛수고입니다. 아무리 기다려도 만나 줘야 말이죠."

"우린 버림받은 땅에서 왔나 봅니다. 돈이 다 떨어지면 돌아가야죠."

"다시 버림받은 땅으로 말이죠. 마드리드가 갈리시아에 무슨 관심이나 있겠어요? 어쨌든 우리 지역은 가난한 곳이니까요."

"바실리오 형제의 행동도 이해할 수 있을 것 같아요."

"하지만 난 바실리오 알바레스[25]의 성실성을 결코 신뢰할 수 없습니다."

"마드리드에 있으면 이것저것 알게 되지요. 마드리드는 스페인의 암 덩어리이니까요."

"그 사람들이 거절하더라도 일단 만나 주면 좋겠는데."

"아뇨. 결국 기다리다가 지치고 말 겁니다."

"글쎄, 어디 두고 보죠. 나도 다른 사람들처럼 기다릴 수 있으니 말이오."

그때 피카도르가 자리에서 일어서더니 신부들의 식탁 쪽

---

25 바실리오 알바레스(Basilio Alvarez, 1900~1937). 스페인 갈리시아 지역에서 활동한 농촌 지도자.

으로 걸어갔다. 그러고는 희끗희끗한 머리에 매 같은 얼굴을 똑바로 쳐들고 그들을 빤히 쳐다보면서 미소를 지었다.

"토레로로26군." 한 신부가 다른 신부에게 말했다.

"꽤 솜씨 좋은 토레로죠." 이렇게 말하면서 피카도르는 식당 밖으로 걸어 나갔다. 허리가 날씬하고 안짱다리인 그는 회색 재킷을 걸치고 몸에 꼭 끼는 바지에, 굽이 높은 목부의 신발을 신고서 마룻바닥을 쿵쿵 구르며 미소 띤 얼굴로 꽤 침착하게 으스대며 걸어갔다. 개인의 능력을 발휘하는, 작지만 야무진 직업의 세계 속에서 살아가는 그는 밤이면 술에 얼큰하게 취해 오만하게 굴었다. 시가에 불을 붙이고 현관 복도에서 모자를 비스듬히 고쳐 쓰더니 카페를 향해 걸어 나갔다.

피카도르가 밖으로 나가자 신부들도 자기네들이 식당 안에 마지막으로 남아 있음을 깨달았는지, 뒤이어 곧바로 식당을 떠났다. 이제 식당 안에는 파코와 중년 웨이터 말고는 아무도 없었다. 그들은 식탁을 치우고 술병을 부엌에 갖다 놓았다.

부엌에는 접시를 닦는 소년이 하나 있었다. 그는 파코보다 세 살 위로, 사뭇 냉소적이고 적대적이었다.

"이 잔 마시게." 중년 웨이터가 이렇게 말하며 발데페냐스 한 잔을 따라서 그에게 건네주었다.

"네, 마시죠." 소년이 술잔을 받았다.

"파코, 너도 한잔하겠니?" 다른 웨이터가 물었다.

"고맙습니다." 파코가 대답했다. 그래서 셋은 함께 술을 마셨다.

"자, 이제 난 그만 가 봐야겠어." 중년 웨이터가 말했다.

---

26 '투우사'를 의미하는 스페인어.

"그럼 안녕히 들어가십시오." 그들은 그에게 인사를 했다.

중년 웨이터가 밖으로 나가자 그들만이 남게 되었다. 파코는 신부 한 사람이 사용했던 냅킨을 들고 똑바로 섰다. 그리고 발뒤꿈치를 딱 붙박고 냅킨을 아래로 내린 뒤, 몸의 동작을 따라 머리도 서서히 돌리는 베로니카[27] 흉내를 내면서 두 팔을 흔들었다. 그는 돌아서서 오른발을 앞으로 가볍게 내밀고 두 번째 파세[28]를 한 다음, 머릿속 상상으로 황소에게 조금 유리한 위치를 내주고는 천천히 완벽하게, 시간에 딱 맞춰 멋지게 세 번째 파세를 했다. 그러고는 다시 냅킨을 허리에 모으고, 중간 베로니카로 엉덩이를 살짝 돌리며 황소에게서 몸을 뗐다.

엔리케라는 이름의 접시닦이 소년은 파코가 하는 짓을 못마땅해하면서 경멸하듯이 쳐다보았다.

"황소는 어때?" 그가 물었다.

"굉장히 용감해." 파코가 대답했다. "자, 보라고."

그는 매끈하게 똑바로 서서 네 차례 더 완벽한 파세를, 그것도 아주 부드럽고 고상하고 우아하게 해치웠다.

"황소는?" 싱크대를 등지고 서 있던 엔리케가 앞치마를 걸친 채 술잔을 들고 물었다.

"아직도 위세가 당당하지." 파코가 말했다.

"널 보고 있으면 구역질이 나." 엔리케가 말했다.

"어째서?"

---

27 황소가 케이프(망토)를 통과하여 돌진할 때 투우사가 두 손으로 케이프를 펼쳐 들고 천천히 선회하는 동작.

28 투우사가 케이프나 물레타(붉은 천)로 황소의 주의를 끌어서 황소의 공격 코스를 조절하는 동작.

"자, 이것 봐."

엔리케는 앞치마를 벗어 던지더니, 가상의 황소를 끌어들이면서 조각 같은 몸짓으로 느릿한 집시풍의 베로니카를 완벽하게 네 번 반복하고는 황소에게서 걸어 나왔다. 이어서 앞치마를 흔들며 황소의 콧등을 스치듯 완벽한 호(弧)를 그리는 레볼레라[29]로 끝을 맺었다.

"자, 봤지." 그가 말했다. "그럼 난 이제 접시나 닦겠어."

"왜 구역질이 나는데?"

"공포 때문이지. 미에도.[30] 네가 투우장에서 황소와 마주칠 때 느낄 그 공포 말이야." 엔리케가 말했다.

"아냐, 난 공포 따위 안 느껴." 파코가 대꾸했다.

"레체![31] 공포를 안 느끼는 사람은 없어. 하지만 투우사라면 황소를 다뤄야 하니까 공포를 억제할 수 있어야 하지. 나도 아마추어 시합에 나간 적이 있는데 하도 무서워서 그만 도망치고 말았지 뭐야. 모두들 아주 우습게 생각하더군. 그러니 너도 공포를 느낄 거야. 만약 공포라는 게 없다면 아마 스페인의 구두닦이들도 모두 투우사가 되려고 할걸. 너 같은 시골뜨기야 나보다 몇 배는 더 겁먹을 테고."

"천만의 말씀!" 파코가 맞섰다.

파코는 머릿속으로 이 같은 투우 놀이를 무수히 해 왔다. 상상 속에서 너무나 자주 황소의 뿔을 보았고, 황소의 젖은 콧등을 보았으며, 퍼뜩퍼뜩 경련하는 귀가 달린 머리를 수그린

---

29 투우에서 황소를 넘어뜨리는 마지막 단계.

30 '공포' 또는 '두려움'을 뜻하는 스페인어.

31 "제기랄!" 또는 "빌어먹을!"을 의미하는 스페인어.

채 발굽을 쿵쿵거리며 돌진해 오는 짐승의 모습을 보아 왔다. 또 그가 케이프를 휘두르면 자신의 옆을 스쳐 지나가는 성난 황소를, 또다시 연신 케이프를 흔들어 대면 쉼 없이 덤벼드는 그 모습을 보아 왔던 것이다. 그러다가 마침내 중간 베로니카로 크게 휘돌며 황소를 자기 곁에서 맴돌게 한 다음, 투우사 재킷의 황금 장식에 황소 머리털이 걸릴 만큼 아슬아슬한 파세로 마무리하고서 몸을 흔들며 걸어 나오는 것이었다. 그러면 황소는 마치 최면술에 걸린 듯 멍하니 서 있고, 관중은 박수갈채를 보냈다. 천만의 말씀, 그는 절대 겁먹지 않을 터다. 물론 다른 사람들이야 무서워하겠지. 하지만 그는 절대로 두려워하지 않으리라. 그는 자신이 무서워하지 않으리라는 사실을 잘 알았다. 설령 겁먹더라도 어떻게든 해치울 수 있으리라는 점을 잘 알았다. 그는 자신만만했다. "난 무서워하지 않을 거야." 그가 말했다.

엔리케가 다시 "레체!" 하고 내뱉었다.

그러고는 다시 말을 이었다. "어디 한번 해 볼까?"

"어떻게?"

"이봐, 넌 황소만 생각하지 황소의 뿔은 생각하지 않잖아." 엔리케가 말했다. "황소는 힘이 하도 세서 뿔을 휘두르면 칼처럼 날카롭게 베고 푹 쑤셔 박지. 곤봉처럼 때려죽인단 말이야. 이봐!" 그는 테이블 서랍을 열더니 고기 자르는 식도 두 개를 꺼냈다. "의자 다리에 이 칼을 묶을게. 내가 의자를 머리 앞에 쳐들고 널 위해 황소 시늉을 해 주지. 이 칼들이 뿔이라는 말이야. 만일 네가 이 뿔 앞에서도 그런 파세를 해낸다면 너의 용맹함을 인정해 주지."

"그럼 앞치마 좀 빌려줘. 식당에 가서 해 보자." 파코가 말했다.

"아냐. 하지 마, 파코." 엔리케가 갑자기 진지하게 말했다.

"해 보겠어. 난 안 무서워." 파코가 말했다.

"막상 칼이 덤벼드는 걸 보면 무서워질 거야."

"어디 두고 봐. 내게 앞치마 좀 줘." 파코가 말했다.

이때 엔리케는 면도칼처럼 날카롭게 날이 선 큼직한 식도를 의자 다리에 단단히 붙들어 매고, 더러운 냅킨 두 장으로 칼자루를 반쯤 단단히 싸매더니 꽁꽁 동여매기 시작했다. 그러는 동안 파코의 두 누나는 「안나 크리스티」에 등장하는 그레타 가르보를 보러 영화관에 가고 있었다. 두 신부 중 한 사람은 셔츠 바람으로 앉아서 성무일과(聖務日課) 기도서를 읽고 있었고, 다른 신부는 잠옷으로 갈아입은 뒤 기도를 올리고 있었다. 병으로 앓아누운 투우사를 제외하고 나머지 투우사들은 저녁이면 늘 그러듯이 포르노스 카페에 나가 있었다. 그곳에서 다부지고 시커먼 머리카락의 피카도르는 당구를 쳤고, 키가 작고 진지한 표정의 투우사는 밀크 커피 한 잔을 앞에 놓고 중년의 반데리야로, 다른 심각한 얼굴의 노동자들과 함께 혼잡한 테이블에 앉아 있었다.

술을 좋아하는 반백의 피카도르는 카살라스 브랜디 한 잔을 두고 만족스러운 얼굴로 테이블을 응시하고 있었다. 그런데 이 테이블에는 이미 용기를 잃은 투우사와 이제 반데리야로가 되려고 투우 검을 포기한 다른 투우사가 피로해 보이는 창녀 두 명과 함께 앉아 있었다.

경매인은 길모퉁이에 서서 친구들과 이야기를 주고받고 있었다. 키 큰 웨이터는 아나코 생디칼리스트 집회에서 발언할 기회를 노리고 있었다. 중년 웨이터는 알바레스 카페의 발

코니에 자리 잡고 앉아서 싱거운 맥주를 마시고 있었다. 루아르카 펜션의 여자 주인은 덧베개를 두 다리 사이에 끼고 반듯하게 드러누워서 벌써 잠들어 있었다. 몸집이 크고 뚱뚱한 데다 정직하고 청결하고 무사태평한 그 여자는 매우 독실한 신자였다. 그래서 이십 년 전 사망한 남편을 매일 그리워하거나 그를 위해 기도드리는 일을 단 한 번도 잊은 적 없었다. 병석에 누운 투우사는 홀로 자기 방에서 손수건을 입에 가져다 대고 엎드린 채 잠을 자고 있었다.

이제 아무도 없이 텅 빈 식당에서는 엔리케가 마지막으로 한 번 더 의자 다리에 칼을 냅킨으로 붙들어 매고 있었다. 그러고는 의자를 번쩍 치켜들었다. 칼 달린 의자 다리를 앞쪽으로 내미니 식도 두 개가 똑바로 정면을 향하고 있었다. 뿔처럼 머리 양쪽에 하나씩 뾰족 솟은 그것을 위로 쳐들었다.

"아휴, 무거워. 이봐, 파코. 이건 정말 위험한 짓이야. 하지 말자니까." 그는 땀을 뻘뻘 흘리고 있었다.

파코는 그와 마주 보고 서서 앞치마를 펼쳐 든 뒤, 양쪽 가장자리를 접어서 한 손에 하나씩 꼭 움켜쥐었다. 엄지는 위로, 검지는 아래로 향한 채 황소의 눈을 잡으려고 자세를 취했다.

"똑바로 돌진해 봐. 황소처럼 빙빙 돌아. 자, 얼마든지 덤비라고." 그가 말했다.

"언제 파세를 할지 어떻게 알지?" 엔리케가 물었다. "세 번 돌진한 뒤에 중간 파세를 하는 게 좋겠는데."

"그래. 하지만 똑바로 돌진해. 자, 덤벼 봐, 토리토.[32] 어서 덤벼 보라고, 이 바보 같은 황소야!" 파코가 외쳤다.

---

32 '황소'를 의미하는 스페인어.

엔리케는 머리를 숙이고 파코한테 달려들었다. 파코는 칼날이 자기 배 바로 앞을 스쳐 지날 때 칼 앞으로 앞치마를 흔들었다. 그에게 눈앞의 칼끝은 하얗고 매끄럽고 검은, 진짜 황소의 뿔 같았다. 엔리케가 그를 보내고 몸을 돌려서 다시 돌진해 올 때, 그것은 쿵 하고 옆을 지나가는 황소의 따끈하고도 피투성이가 된 옆구리였다. 그러고 나서 파코가 케이프를 천천히 흔들어 대자 황소는 고양이처럼 몸을 돌려 다시 공격해 왔다. 그런 뒤 황소는 또다시 몸을 돌려 돌진해 왔고, 파코가 그 칼끝을 노려보며 왼쪽 발을 오 센티미터쯤 더 앞쪽으로 내밀었다. 하지만 그러는 바람에 칼은 빗나가지 않았고, 마치 포도주 가죽 부대를 쑤시듯 거침없이 쑥 미끄러져 들어갔다. 칼이 갑자기 몸속의 단단한 부분에 가닿자 뜨거운 것이 솟구쳐 올랐다. 엔리케가 "아아! 아아! 칼을 뽑아 줄게! 칼을 뽑아 줄게!"라고 부르짖었다. 그런데 파코는 여전히 앞치마를 손에 걸머쥔 채 의자 앞쪽으로 미끄러졌다. 칼이 그에게, 파코의 몸속으로 들어가는 순간에 엔리케는 의자를 잡아당겼다.

칼은 그제야 빠져나왔고, 파코는 따스한 피 웅덩이가 퍼져 나가는 마룻바닥에 주저앉아 있었다.

"상처 위에 냅킨을 대. 꼭 쥐어. 꼭 쥐고 있으라고. 의사를 불러올 테니. 출혈을 막아야 해." 엔리케가 말했다.

"고무 컵이 있을 텐데." 파코가 말했다. 투우장에서 그것을 사용하는 광경을 보았던 것이다.

"곧 돌아올게. 난 위험하다는 걸 보여 주려고 했을 뿐인데." 엔리케가 울먹이며 말했다.

"걱정 마. 그래도 의사 선생님을 데려와 줘." 파코가 점점 작아지는 목소리로 대답했다.

투우장에서는 사람들이 부상당한 투우사를 들어 올린 채 수술실로 달려가지. 그러다가 혹여 수술실에 닿기 전에 넓적다리 동맥에서 피가 다 흘러 사라지면 그들은 신부님을 불러오지.

"신부님에게도 알려 줘." 파코는 냅킨을 아랫배에 꼭 누르면서 말했다. 자신에게 이런 일이 일어나리라고는 꿈에도 생각하지 못했다.

엔리케는 산혜로니모 거리 아래쪽으로 달려가서 야간 응급 치료실로 갔다. 혼자 남아 있던 파코는 처음엔 앉아 있었지만 그다음 순간 몸을 웅크렸다가 곧장 마루 위로 푹 쓰러지고 말았다. 마개를 뽑으면 비로소 욕조의 더러운 물이 쏴 하고 빠져나가듯이 자기 몸에서 생명이 빠져나가고 있음을 느꼈다. 그는 모든 것이 끝났다고 생각했다. 그는 공포와 함께 현기증을 느끼면서 참회의 말을 외려고 애쓴 끝에 첫 구절을 생각해 냈다. "오, 하느님, 저의 모든 사랑을 받아 마땅하신 당신을 노하게 해서 죄송스럽기 그지없사오며, 이제 단호히 결심하기를⋯⋯." 가능한 한 빨리 되뇌려고 했지만 전부 마무리 짓기도 전에 그는 격심한 현기증을 느꼈다. 마룻바닥에 얼굴을 처박은 그의 생명은 아주 빠르게 끝나 갔다. 칼날에 끊긴 넓적다리 동맥의 피는 믿기 어려울 만큼 빠르게 소진되었다.

응급 치료실의 의사가 엔리케의 팔을 붙든 경찰 한 명과 함께 계단을 오를 때 파코의 두 누나는 아직도 그란비아[33]의 영화관에서 영화를 보고 있었다. 늘 엄청난 사치와 눈부신 화려함에 둘러싸인 모습만 보여 주던 그 위대한 여자 배우가 이

---

33 '큰길'이라는 뜻의 스페인어로, 마드리드의 중심가를 가리킨다.

영화에서는 비천한 환경에서 나뒹굴 뿐이었다. 파코의 누나들은 가르보의 이번 영화에 크게 실망했다. 다른 관중도 이 영화에 크게 실망했는지 휘파람을 불고 발을 동동 구르며 항의했다. 이 사건이 일어났을 때 펜션의 다른 손님들은 각자 하던 일을 거의 그대로 이어 가고 있었다. 다만 두 신부는 기도를 마치고 잠자리에 들 준비를 했고, 반백의 피카도르는 술잔을 들고 일에 지친 창녀 둘이 앉아 있는 테이블로 자리를 옮겼을 따름이었다. 조금 뒤 그는 그중 한 명을 데리고 카페에서 나왔다. 겁쟁이가 된 투우사가 술을 사 준 창녀였다.

소년 파코는 이 모든 일도, 이 사람들이 이튿날, 아니 닥쳐올 앞날에 무슨 일을 할지도 아예 알지 못했다. 그들이 정말로 어떻게 사는지, 또 어떻게 생을 마감할지조차 전혀 알지 못했다. 그들의 삶 역시 언젠가는 종말을 맞는다는 사실마저 깨닫지 못했다. 스페인어 표현에도 있듯이, 그는 환상을 가득 품은 채 숨을 거두고 말았다. 그는 삶에서 그 어느 것 하나 잃어버릴 시간의 여유도 없었고, 심지어 최후의 순간에 참회할 겨를조차 없었다.

일주일 내내 마드리드의 온 시민들을 실망시킨 그레타 가르보의 새 영화에 대해서도 그는 실망할 시간이 없었던 것이다.

5만 달러

"어떻게 지내나, 잭?" 내가 그에게 물었다.

"자네, 이 월컷이라는 녀석, 본 적 있나?" 그가 물었다.

"체육관에서 보았지."

"한데 말이지, 그 자식하고 붙으려면 대단한 행운이 따라야겠는걸." 잭이 말했다.

"녀석이 자네를 때려눕히진 못할 거야, 잭." 솔저가 말했다.

"제발 그랬으면 좋겠네만."

"그 녀석한테 새 총알이 한 줌 있어도 자네를 맞히진 못할 거야."

"새 총알쯤이야 문제도 아니지. 새 총알 같으면 걱정도 안 해." 잭이 대꾸했다.

"녀석 정도야 쉽게 때려눕힐 수 있을 것 같은데." 내가 말했다.

"그야 그렇지. 녀석이 오래가지는 못할 거야. 자네와 나처럼 오래가긴 힘들어, 제리. 하지만 지금은 그 자식 세상이지 않나." 잭이 말했다.

"자네 왼손 한 방이면 뻗어 버릴걸."

"그럴지도 모르지. 그래, 나한테도 기회는 있으니까." 잭이 말했다.

"키드[34] 루이스에게 본때를 보여 준 것처럼 그 녀석도 그렇게 다루면 돼."

"키드 루이스, 그 유대인 놈 말이지!" 잭이 내뱉었다.

잭 브레넌, 솔저 바틀릿 그리고 나, 이렇게 우리 셋은 헨리네 술집에 앉아 있었다. 옆 테이블에는 창녀 두세 명이 앉아 술을 마시고 있었다.

"유대인 놈이라니, 그게 무슨 뜻이죠? 유대인 놈이라니, 무슨 의미냐고요? 이 덩치만 산만 한 아일랜드 놈팡이야." 창녀 한 명이 따지고 들었다.

"그래, 바로 그거야." 잭이 대꾸했다.

"유대인 놈이라니. 이 덩치만 산만 한 아일랜드 녀석들은 늘 유대인 얘기를 한단 말이야. 유대인 놈이라니, 도대체 무슨 뜻이냐고요?" 그 창녀가 계속 지껄여 댔다.

"자, 그만 나가세."

"유대인 놈이라니. 그래, 당신은 누구한테 술 한 잔 사 본 적 있어요? 그러면 당신 마누라가 아침마다 당신 주머니를 꿰매 버릴 텐데." 여자는 말을 멈추지 않았다. "이 아일랜드 녀석들이나, 이자들이 툭하면 입에 올리는 유대인 놈들이나 피장파장 아닌가? 테드[35] 루이스도 당신쯤은 때려눕힐 수 있을 거

---

34 영국에서 출간된 펭귄 판본에는 '키드' 대신 '리치'라고 표기되어 있다.
35 영국 펭귄 판본에는 '테드' 대신 '리치'라고 표기되어 있다.

야."

"좋아, 그러니까 당신은 뭐든 공짜로 헤프게 나눠 준다, 이 말이지?" 잭이 대거리했다.

우리는 술집 밖으로 나왔다. 잭은 바로 그런 사람이었다. 내뱉고 싶은 말이 있으면 결국 내뱉는 친구였다.

잭은 저지[36]에 있는 대니 호건의 전원 휴양소이자 체육관에서 연습을 시작했다. 괜찮은 곳이었지만 잭은 그곳을 별로 좋아하지 않았다. 아내와 아이들이랑 떨어져 지내고 싶지 않았으므로, 그는 늘 화가 나 있었고 불만이 그득했다. 그는 내게 호감을 가졌기에 우리는 곧잘 어울렸고, 호건 역시 좋아했다. 그러나 얼마 뒤 솔저 바틀릿이 그의 신경을 건드리면서 문제가 생겼다. 농담이 좀 짓궂어지면 캠프의 익살꾼은 불쾌한 존재가 되는 법이다. 솔저는 언제나 잭에게 농담을 걸었다. 그런데 그 농담은 그리 재미있지도, 유익하지도 않아서 잭의 신경을 긁어 댈 뿐이었다. 말하자면 그의 농담은 이런 식이었다. 잭은 웨이트 운동과 샌드백 연습을 마친 뒤에 권투 글러브를 끼곤 했다.

"어디 한번 붙어 볼까?" 잭이 솔저에게 제안했다.

"좋지, 어떻게 해 줄까? 월컷처럼 호되게 다뤄 줄까? 두서너 번 녹다운시켜 줄까?" 솔저는 이렇게 묻곤 했다.

"그거 좋지." 잭은 이렇게 대꾸했지만 사실 그런 농담을 조금도 좋아하지 않았다.

어느 날 아침, 우리들 모두 길에 나와서 달리기를 했다. 꽤 멀리까지 나갔다가 돌아오는 길이었다. 삼 분 동안 빨리 달리

---

36 미국 뉴저지주를 가리킨다.

다가 일 분 동안 걷고, 또 삼 분 동안 달렸다. 잭은 흔히 말하는 단거리 선수와는 거리가 멀었다. 물론 링에서는 필요에 따라 얼마든지 빨리 움직였지만 그 바깥에서는 전혀 날쌘 편이 아니었다. 우리가 걷는 동안 솔저는 줄곧 그를 놀려 댔다. 우리는 언덕을 넘어 농장 겸 체육관으로 돌아왔다.

"한데 말이야, 자네는 이제 시내로 돌아가는 게 좋겠어, 솔저." 잭이 말했다.

"그게 무슨 소리야?"

"시내로 돌아가서 그곳에 있으라는 말이지."

"왜 그러는데?"

"자네 잔소리 듣는 게 지겨워."

"그래?" 솔저가 물었다.

"그래." 잭이 말했다.

"월컷한테 지고 나면 지금보다 훨씬 지겨워질 텐데."

"물론이지. 아마 그럴 거야. 하지만 난 자네가 지겨워." 잭이 대꾸했다.

그래서 솔저는 바로 그날 아침에 기차를 타고 시내로 떠났다. 나는 기차역까지 그를 배웅했다. 그는 단단히 화가 나 있었다.

"난 그저 농담한 거였다고." 그가 말했다. 우리는 플랫폼에서 기차가 오기를 기다렸다. "그 자식이 나한테 그럴 순 없어, 제리."

"신경이 날카롭고 초조해서 그러는 거야. 녀석은 좋은 친구야, 솔저." 내가 말했다.

"좋긴 뭐가 좋아. 한 번도 좋은 녀석이었던 적이 없어."

"그럼 잘 가게, 솔저." 내가 말했다.

기차가 승강장으로 들어왔다. 그는 가방을 들고 기차에 올라탔다.

"또 만나세, 제리. 시합 전에 시내에 나오겠나?" 그가 물었다.

"못 갈 것 같은데."

"그럼 또 만나자고."

솔저가 객실 안으로 들어간 뒤 차장이 몸을 돌려 뛰어오르자 기차가 떠났다. 나는 짐마차를 타고 농장으로 돌아왔다. 잭은 현관에서 아내에게 편지를 쓰고 있었다. 나는 도착한 우편물과 신문을 들고 현관의 다른 편에 앉아서 신문을 읽었다. 호건이 문을 열고 나오더니 내 쪽으로 걸어왔다.

"저 친구 솔저하고 다퉜나?"

"다툰 건 아냐. 시내로 돌아가라고 했을 뿐이지." 내가 대답했다.

"그럴 줄 알았어. 원래 솔저를 별로 좋아하지 않았거든." 호건이 말했다.

"그렇지. 안 좋아하는 사람들이 많잖아."

"퍽 냉정한 친구지." 호건이 말했다.

"글쎄, 나한테는 언제나 잘 대해 줬어."

"내게도 그랬어. 나도 저 친구에게 무슨 불만이 있는 건 아냐. 그저 냉정한 친구라는 것뿐이지." 호건이 말했다.

호건은 방충문을 통해 안으로 들어갔고, 나는 현관에 앉아서 계속 신문을 읽었다. 계절이 이제 막 가을로 접어들고 있던 터라, 저지의 언덕 위쪽 시골 풍경은 아름다웠다. 나는 신문을 다 읽은 뒤 그곳에 앉아서 시골 경치와 저 아래 숲을 등진 도로 위로 먼지를 일으키며 지나가는 자동차들을 바라보았다. 상쾌한 날씨에 경치도 그만이었다. 호건이 문간에 나타나자 나는 "이봐, 호건, 이곳엔 뭐 사냥할 것 좀 있나?" 하고 물었다.

"없어. 참새뿐이야." 호건이 대답했다.

"자네 신문 읽어 봤어?" 내가 호건에게 물었다.

"무슨 기사가 났는데?"

"어제 샌드가 경마에서 세 번이나 우승했어."

"어젯밤에 전화로 들었어."

"경마 소식을 그렇게 빠르게 듣나, 호건?" 내가 물었다.

"아, 그 사람들하고 연락을 하거든." 호건이 대답했다.

"잭은 어떤가? 아직도 경마에 돈을 거나?" 내가 물었다.

"그 친구? 아직도 그러는가?" 호건이 반문했다.

바로 그때 잭이 손에 편지를 들고 모퉁이를 돌아 나왔다. 스웨터에 낡은 바지를 입고, 권투용 신발을 신고 있었다.

"우표 있나, 호건?" 그가 물었다.

"그 편지 이리 주게. 내가 부쳐 줄 테니." 호건이 말했다.

"여보게, 잭. 자네 한때 경마 좀 하지 않았나?" 내가 물었다.

"그랬지."

"그럴 줄 알았어. 십스헤드[37]에서 자네를 자주 보았거든."

"그런데 왜 그만두었나?" 호건이 물었다.

"돈을 잃었으니까."

잭은 내 옆 현관 바닥에 앉아서 기둥에 등을 기댔다. 이윽고 햇살이 비치자 두 눈을 감았다.

---

37 미국 뉴욕주 엘먼트에 위치한 경마장.

"의자 가져다줄까?" 호건이 물었다.

"아니. 이렇게 있는 게 좋아." 잭이 대답했다.

"날씨 참 좋군. 시골은 정말 멋지단 말이야." 내가 말했다.

"난 마누라와 함께 시내에 있는 게 훨씬 좋을 것 같아."

"이제 일주일밖에 안 남았잖아."

"맞아, 그건 그래." 잭이 대답했다.

우리는 현관에 앉아 있었고, 호건은 사무실 안에 있었다.

"요즘 내 상태가 어때 보이나?" 잭이 내게 물었다.

"글쎄, 잘 모르겠는걸. 이제 일주일밖에 안 남았으니 좋은 컨디션을 유지해야지." 내가 대답했다.

"대답을 얼버무리는군."

"하긴 좋은 상태는 아냐." 내가 말했다.

"통 잠을 잘 수가 없어." 잭이 말했다.

"며칠 지나면 좋아질 거야."

"아냐, 불면증이야." 잭이 말했다.

"마음에 걸리는 거라도 있나?"

"마누라 생각이 나서 그래."

"이리로 오라고 하지."

"아냐, 그러기엔 내가 너무 늙었어."

"자기 전에 많이 걸어서 몸을 좀 피곤하게 해 봐."

"피곤하게 하라고! 난 언제나 피곤한걸." 잭이 대꾸했다.

잭은 그런 식으로 일주일을 보냈다. 밤에는 제대로 잠을 이루지 못했고, 아침이면 그런 기분으로, 이를테면 주먹이 잘 쥐어지지 않을 때의 기분으로 잠자리에서 일어났다.

"그 녀석, 김빠진 맥주처럼 맥이 없어. 안 되겠어." 호건이 말했다.

"난 월컷을 한 번도 본 일이 없네." 내가 말했다.

"녀석은 잭을 죽일 거야. 완전히 두 동강 내고 말 거라고." 호건이 내뱉었다.

"한데 말이지, 누구한테나 가끔 그럴 때가 있잖아." 내가 말했다.

"그렇지만 이런 식은 아냐. 사람들은 잭이 연습을 전혀 안 했다고 생각할 거야. 우리 체육관에 먹칠하는 꼴이지, 뭐." 호건이 말했다.

"신문 기자들이 그에 대해서 뭐라고 지껄였는지 들었나?"

"듣다마다! 형편없다고 했잖아. 시합에 나가게 해선 안 된다고 했지."

"그런데 그 사람들은 밤낮 헛다리만 짚잖아?"

"물론 그야 그렇지. 하지만 이번엔 그들 말이 옳아." 호건이 대답했다.

"제기랄, 선수 상태가 좋고 나쁜지 그 사람들이 도대체 어떻게 안단 말이야?"

"글쎄 말이지, 그 사람들도 바보는 아니거든." 호건이 대꾸했다.

"기자들이 한 일이래야 기껏 톨리도[38] 시합에서 월러드의 승리를 예상했던 것밖에 더 있나. 이 라드너[39]라는 사람, 꽤나 잘난 척하던데 그치한테 톨리도에서 월러드의 승리를 언제 예상했는지 어디 한번 물어봐."

---

38 미국 오하이오주 북부에 있는 공업 도시.

39 링 라드너(Ring Lardner, 1885~1933). 미국의 스포츠 저널리스트이자 단편 소설가.

"아, 그 사람은 나오지도 않았어. 녀석은 큰 시합의 기사만 쓰는걸."호건이 말했다.

"그 사람들이 누구든 난 상관하지 않아. 그들이 쥐뿔 알긴 뭘 알겠어? 기사야 쓸 수 있겠지. 하지만 그들이 도대체 뭘 아느냐는 말이야?"

"자네도 잭의 상태가 말이 아니라고 생각하는 거지?"호건이 물었다.

"그래. 이젠 틀렸어. 잭에게 필요한 건, 그러니까 코빗에게 부탁해서 그가 이긴다고 기사를 쓰게 하는 거야. 그렇게 끝장내는 것뿐이지."

"음, 코빗은 그렇게 써 줄 거야."호건이 말했다.

"그래. 그가 이기리라고 예상해 줄 거야."

그날 밤도 잭은 전혀 잠들지 못했다. 이튿날 아침은 시합 바로 전날이었다. 아침 식사를 한 뒤 우리는 또다시 현관으로 나가 앉았다.

"잠이 오지 않을 때는 무슨 생각을 하나, 잭?"내가 물었다.

"아, 이것저것 근심 걱정이지. 브롱크스[40]에 사 놓은 땅 걱정, 플로리다에 사 놓은 땅 걱정을 해. 애들 걱정도 하고. 또 마누라 걱정도 해. 때로는 시합 걱정도 하지. 그 유대인 놈, 테드 루이스 생각만 하면 기분을 잡치거든. 주식을 좀 갖고 있는데, 그것도 걱정되고. 도무지 근심거리가 아닌 게 있어야 말이지."

"하지만 내일 밤이면 모든 게 끝나네."내가 말했다.

---

40 미국 뉴욕 맨해튼 북부에 있는 지역. 비교적 낙후한 곳으로, 빈민가가 형성돼 있다.

"그래, 시합은 언제나 큰 도움이 되지. 안 그런가? 그것으로 정말 만사가 결정되거든. 그건 확실해." 잭이 말했다.

잭은 온종일 신경이 곤두서 있었다. 우리는 전혀 연습을 하지 않았다. 잭은 몸을 풀려고 주위를 좀 걸어 다녔다. 그는 새도복싱[41]을 몇 라운드 해 보았다. 그때도 상태가 좋아 보이지 않았다. 잠시 줄넘기도 했지만 당최 땀이 나지 않았다.

"저 친구, 이제 연습 안 하는 게 좋겠어." 호건이 말했다. 우리는 서서 그가 줄넘기하는 모습을 지켜보았다. "이제는 땀마저 더 안 나는 거야?"

"땀을 뺄 수가 없어."

"혹시 폐결핵에 걸린 건 아닐까? 이제껏 체중 조절 때문에 신경 쓴 적 없잖아?"

"아니, 폐결핵에 걸린 건 아냐. 다만 속에 든 게 없을 뿐이지."

"땀을 흘려야 할 거 아냐." 호건이 말했다.

잭이 줄넘기를 하며 다가왔다. 그는 우리 앞을 오가며, 앞뒤로 그리고 세 번 뛸 때마다 한 번씩 두 팔을 교차하면서 줄넘기를 했다.

"바보 양반들, 지금 무슨 얘기를 하는 건가?" 그가 말했다.

"자네 이제 연습 그만해야 할 것 같아." 호건이 말했다. "그러다가 컨디션 나빠지겠어."

"끔찍한 노릇이지." 잭이 말했다. 그러고는 로프를 바닥에 찰싹찰싹 거세게 때리면서 마루 아래쪽으로 내려갔다.

그날 오후, 존 콜린스가 농장 겸 체육관에 나타났다. 잭은

---

41 가상의 적을 마주하고 혼자 상대하는 권투 연습.

자기 방에 들어가 있었다. 존은 자동차를 타고 시내에서 친구 두서너 명을 데리고 왔다. 자동차가 멈추자 그들이 모두 차에서 내렸다.

"잭 지금 어디 있나?" 존이 나에게 물었다.

"자기 방에 올라가서 누워 있어요."

"누워 있다고?"

"네." 내가 대답했다.

"상태가 어때?"

나는 존과 같이 있는 두 사내를 쳐다보았다.

"잭의 친구들이야." 존이 말했다.

"컨디션이 많이 안 좋아요." 내가 말했다.

"뭐가 문젠데?"

"통 잠을 못 자요."

"빌어먹을. 아일랜드 녀석들은 잠도 제대로 못 잔다니까."

"상태가 좋지 않아요." 내가 말했다.

"빌어먹을. 한 번도 좋은 적이 없었어. 내가 지금껏 십 년을 데리고 있었지만 한 번도 상태가 좋은 적이 없었다고."

그러자 그와 함께 온 사내들이 웃었다.

"악수하게, 모건 씨하고 스타인펠트 씨야. 이쪽은 도일 씨. 잭의 트레이너야." 존이 말했다.

"만나서 반갑습니다." 내가 인사를 했다.

"올라가서 녀석을 만나 보세." 모건이라는 사내가 말했다.

"한번 만나 봅시다." 스타인펠트가 맞장구쳤다.

우리는 모두 2층으로 올라갔다.

"호건은 어디 있나?" 존이 물었다.

"손님들과 함께 헛간에 나가 있어요." 내가 대답했다.

"지금 이곳에 사람들이 많은가?" 존이 물었다.

"두 명밖에 없어요."

"꽤 조용한 편이죠?" 모건이 물었다.

"그래요. 꽤 조용해요." 내가 대답했다.

우리는 잭의 방 밖에 서 있었다. 존이 방문에 노크를 했으나 아무런 대답이 없었다.

"아마 자는 것 같은데요." 내가 말했다.

"도대체 대낮에 잠은 뭐하러 자는 거야?"

존이 문손잡이를 돌렸고 우리는 모두 방에 들어갔다. 잭은 침대에 누워 자고 있었다. 얼굴은 베개에 파묻고 두 팔로 베개를 감싼 채였다.

"이봐, 잭!" 존이 그에게 말했다.

잭의 머리가 베개 위에서 조금 움직였다. "잭!" 존이 그에게 허리를 굽히며 다시 불렀다. 그러나 잭은 베개에 머리를 더 깊이 파묻을 뿐이었다. 존이 그의 어깨를 만졌다. 잭은 자리에 앉더니 우리를 쳐다보았다. 면도도 하지 않은 그는 낡은 스웨터 차림이었다.

"제기랄! 왜 잠도 못 자게 하는 거요?" 그가 존에게 투덜거렸다.

"화내지 말게. 자네를 깨울 생각은 없었어." 존이 말했다.

"아, 화난 게 아니에요. 물론 아니죠." 잭이 말했다.

"자네 모건과 스타인펠트 알지?" 존이 말했다.

"반갑네." 잭이 인사를 했다.

"그래, 기분이 어떤가, 잭?" 모건이 그에게 물었다.

"좋지. 도대체 기분이 어때야 하는 건가?" 잭이 말했다.

"좋아 보이는군." 스타인펠트가 말했다.

"그렇지." 잭이 말했다. 그러고는 존에게 말을 건넸다. "이 봐요, 당신은 내 매니저입니다. 배당도 많이 받죠. 그런데 신문 기자들이 찾아왔을 땐 당최 왜 이곳에 나타나지 않은 거요? 제리하고 나더러 그 사람들을 상대하라는 거요?"

"필라델피아에서 루의 시합이 있었잖아. 그곳에 가 있었지." 존이 대답했다.

"도대체 그게 나하고 무슨 상관입니까? 당신은 내 매니저예요. 배당도 그만하면 충분하지 않아요? 필라델피아에서 내게 돈을 벌어 주는 건 아니잖아요? 꼭 있어 줘야 할 순간에 왜 얼굴을 내밀지 않는 겁니까?" 잭이 다그쳤다.

"호건이 있었잖아."

"호건이 있었다고요? 호건도 나 못지않은 벙어리요." 잭이 말했다.

"솔저 바틀릿이 여기서 얼마간 같이 연습하지 않았나요?" 스타인펠트가 화제를 바꾸려고 말을 꺼냈다.

"그래요. 와 있었죠. 그건 사실입니다." 잭이 대답했다.

"이봐, 제리. 호건을 찾아내서 삼십 분쯤 뒤에 만나고 싶다고 전해 주겠나?" 존이 나에게 말했다.

"그러죠." 내가 대답했다.

"혹시 이 사람이 여기 붙어 있으면 안 되는 이유라도 있습니까? 가지 말고 이곳에 붙어 있게, 제리." 잭이 말했다.

모건과 스타인펠트는 서로 얼굴을 쳐다보았다.

"진정해, 잭." 존이 그에게 말했다.

"나가서 호건을 찾아봐야겠어." 내가 말했다.

"자네가 가고 싶다면 가도 좋아. 하지만 여기 있는 친구 중에 자네를 내보낸 사람은 아무도 없는 거야." 잭이 말했다.

"가서 호건을 찾아볼게." 내가 말했다.

호건은 헛간에 있는 체육관에 나와 있었다. 그는 권투 글러브를 낀 휴양소 환자들과 함께 있었다. 괜히 치고받다가 화나면 보복할지도 몰랐으므로 그들 중 누구도 상대방을 때리려 하지 않았다.

"이제 그만하면 됐어요." 내가 들어오는 모습을 보고 호건은 이렇게 말했다. "주먹질은 이제 그만두십시오. 이제 샤워하시면 브루스가 두 분을 안마해 드릴 겁니다."

그들은 로프 사이로 내려왔고, 호건은 내가 있는 곳으로 다가왔다.

"존 콜린스가 친구 둘을 데리고 잭을 만나러 왔네." 내가 말했다.

"자동차를 타고 올라오는 걸 봤어."

"존과 같이 온 두 친구는 누구야?"

"머리가 잘 돌아간다는 친구들이지. 그 두 사람을 모르는가?" 호건이 물었다.

"모르는 사람들이던걸." 내가 대답했다.

"해피 스타인펠트하고 루 모건이야. 둘 다 당구장을 갖고 있어."

"그 바닥이랑은 너무 오랫동안 떨어져 있었어." 내가 말했다.

"그럴 테지. 저 해피 스타인펠트라는 자는 정말 대단한 수완가야." 호건이 말했다.

"이름은 들어 본 적 있어." 내가 말했다.

"꽤나 간교한 인간이지. 다들 능수능란한 꾼들이야." 호건이 말했다.

"한데 말이지, 그 사람들이 삼십 분 있다가 우리를 보자고 하는데."

"삼십 분 안엔 나타나지 말라는 뜻이겠지?"

"바로 그거야."

"내 사무실로 가세. 빌어먹을 사기꾼들!" 호건이 내뱉었다.

삼십 분쯤 지난 뒤 호건과 나는 2층으로 올라가서 잭의 방문에 노크를 했다. 그들은 방 안에서 뭔가 얘기를 나누고 있었다.

"잠깐 기다려요." 누군가가 말했다.

"잠깐 기다리라는 말 따윈 집어치워요! 나를 만나고 싶으면 아래층 내 사무실로 와요." 호건이 말했다.

문의 잠금장치를 푸는 소리가 들렸다. 스타인펠트가 문을 열었다.

"어서 들어오게, 호건. 지금 막 술을 한잔하려던 참이었어." 그가 말했다.

"그거 좋죠." 호건이 대꾸했다.

우리는 방 안으로 들어갔다. 잭은 침대 위에 앉아 있었다. 존과 모건은 의자에 앉아 있었고, 스타인펠트는 서 있었다.

"제법 미스터리한 친구들이 모여 있군." 호건이 말했다.

"잘 있었나, 대니." 존이 인사를 했다.

"잘 있었나, 대니." 모건 역시 인사하며 악수를 청했다.

잭은 아무 말도 하지 않았다. 그저 침대 위에 앉아 있을 뿐이었다. 그는 다른 사람들하고 어울리지 않았다. 혼자였다. 그는 푸른색 낡은 스웨터와 바지를 입고, 권투 신발을 신고 있었다. 면도할 때가 된 듯 보였다. 스타인펠트와 모건은 값비싼

옷을 맵시 있게 차려입고 있었다. 존도 꽤 멋을 부린 차림새였다. 침대에 버티고 앉은 잭은 아일랜드인 특유의 투박한 분위기를 풍겼다.

스타인펠트가 술병을 꺼내자 호건은 잔 몇 개를 가지고 왔다. 그러고는 모두들 술을 마셨다. 잭과 나는 딱 한 잔만 마셨고, 나머지 사람들은 연신 두세 잔씩 마셨다.

"시내로 돌아가면서 마실 술을 남겨 두는 편이 좋을 텐데요." 호건이 말했다.

"걱정 말게. 얼마든지 있으니까." 모건이 대답했다.

잭은 술 한 잔을 마신 뒤 더 이상 입을 대지 않았다. 그는 이제 서서 다른 이들을 바라보았다. 모건은 잭이 앉아 있던 침대에 걸터앉았다.

"한잔하게, 잭." 존이 이렇게 말하면서 그에게 잔과 술병을 건넸다.

"됐어. 장례식 전야를 뜬눈으로 지새우고 싶진 않아요." 잭이 말했다.

그러자 모두들 웃음을 터뜨렸다. 그러나 잭은 웃지 않았다.

그들은 전부 유쾌한 상태로 자리를 떴다. 사람들이 자동차에 올라탈 때 잭은 현관에 서 있었다. 그들이 그에게 손을 흔들었다.

"잘 가요." 잭이 말했다.

우리는 저녁을 먹었다. 잭은 저녁 식사를 하는 내내 아무 말도 하지 않았다. 그가 한 말이라곤 "이것 좀 건네주겠나?" 혹은 "저것 좀 건네주겠나?"뿐이었다. 농장에서 치료받고 있는 환자들도 같은 식탁에서 우리와 함께 식사를 했다. 꽤 좋은 친구들이었다. 식사를 마치고 우리는 현관으로 나갔다. 날이 일찍 어두워졌다.

"산책하러 가지 않겠나, 제리?" 잭이 제안했다.

"좋지." 내가 대답했다.

우리는 코트를 입고 길을 나섰다. 중심 도로까지는 거리가 꽤 됐다. 그 뒤로 우리는 중심 도로를 따라 2.5킬로미터쯤 걸었다. 도로를 오가는 차들이 다 지나갈 때까지 길옆으로 비켜서곤 했다. 잭은 아무 말도 하지 않았다. 커다란 자동차 한 대가 지나가도록 덤불로 들어선 뒤에야 잭이 입을 열었다. "빌어먹을, 뭐 이런 놈의 산책이 다 있담. 농장으로 그만 돌아가세."

우리는 언덕 위쪽으로 나 있는 옆길을 따라 걸은 뒤 들판을 가로질러 호건의 농장으로 돌아갔다. 언덕 위에서 그 집의 불빛이 보였다. 우리가 집 앞쪽으로 돌아가니 호건이 문가에 서 있었다.

"산책은 재미있었나?" 호건이 물었다.

"아, 좋았어. 이봐, 호건. 술 좀 있나?" 잭이 물었다.

"물론 있지. 왜 그러는데?" 호건이 반문했다.

"방으로 올려 보내 줘. 오늘 밤엔 잠 좀 자고 싶어서 그래." 잭이 대답했다.

"자네가 알아서 하게." 호건이 대꾸했다.

"내 방에 좀 올라오게, 제리." 잭이 말했다.

위층에서 잭은 두 손으로 머리를 감싼 채 침대 위에 앉아 있었다.

"이런 게 사는 거 아니겠어?" 잭이 말했다.

호건이 1리터들이 병 하나와 잔 두 개를 가져왔다.

"진저에일이 필요한가?"

"과음해서 토할 정도가 되고 싶은 줄 아나?"

"그냥 물어본 거야." 호건이 대답했다.

"술 한잔하겠나?" 잭이 물었다.

"아니, 괜찮아." 호건은 대답한 뒤 방에서 나갔다.

"자넨 한잔 어때, 제리?"

"자네하고 한잔하지." 내가 말했다.

잭은 술을 몇 잔 따랐다. "이제 천천히 느긋하게 마시고 싶어." 그가 말했다.

"물 좀 섞게." 내가 제안했다.

"그러지. 그러는 게 좋겠어." 잭이 대답했다.

우리는 아무 말 없이 술을 몇 잔 마셨다. 잭이 나에게 술을 또 한 잔 따라 주었다.

"이제 됐어. 이거면 충분해." 내가 말했다.

"좋아." 잭이 말했다. 그러고는 직접 크게 한 잔 따르더니 물을 섞었다. 그의 기분이 조금씩 나아지고 있었다.

"오늘 오후 이곳에 날고 기는 패거리들이 왔지." 그가 말했다. "그 사람들은 모험을 하는 법이 없어. 두 사람 모두."

이윽고 그가 말했다. "한데 그들이 옳은 거야. 모험을 해서 얻을 수 있는 게 뭐겠나?"

"한 잔 더 하지 않겠어, 제리? 자, 나하고 한잔해." 그가 권했다.

"이제 충분해, 잭. 기분이 좋거든." 내가 대답했다.

"딱 한 잔만 해." 잭이 말했다. 술기운이 도니 마음이 누그러진 모양이었다.

"좋아." 내가 말했다.

잭은 내게 한 잔을 따르고 자신이 마실 잔에도 술을 가득 따랐다.

"자네도 알겠지만, 난 술을 꽤 좋아해. 권투를 하지 않았다면 어지간히 마셨을 거야."

"그건 확실해." 내가 대꾸했다.

"자네도 알다시피, 난 권투를 하느라 못 해 본 게 많아."

"돈을 많이 벌었잖아."

"그래, 그게 내 목표였지. 하지만 놓친 게 많아, 제리."

"그게 무슨 뜻인가?"

"말하자면, 마누라 문제처럼 말이지. 집을 너무 오랫동안 떠나 있었어. 이러니 딸자식들한테 좋을 게 하나도 없지. 사교계에 들어가면 '네 아빠는 누구야?' 하고 몇몇 사내아이들이 물어볼 거야. 그러면 '잭 브레넌이야.' 하고 대답하겠지. 아이들에게 좋을 게 하나도 없잖아." 그가 말했다.

"말도 안 되는 소리 그만해! 오직 문제는, 자네 딸들이 손에 돈을 쥐느냐 못 쥐느냐, 그것뿐이야." 내가 말했다.

"그렇지. 딸아이들에게 돈은 제대로 쥐여 줘야지."

그는 또 한 잔을 따랐다. 병은 이제 거의 바닥을 드러냈다.

"물 좀 타게." 내가 말했다. 그러자 잭은 물을 좀 부었다.

"여보게, 내가 얼마나 마누라를 그리워하는지 자네는 모를 걸세."

"알지."

"자네는 조금도 몰라. 그게 어떤 건지 알 리가 없다고."

"그러니 시내에 있는 것보다 차라리 이렇게 시골에 나와 있는 편이 낫지."

"지금의 나는 말이야, 어디 있으나 마찬가지야. 자넨 그게 어떤 심정인지 몰라." 잭이 말했다.

"한 잔 더 들게."

"나 지금 취하고 있나? 말하는 게 우스꽝스러운가?"

"기분이 좋아지고 있다네."

"자네는 그 심정이 어떤 건지 절대 몰라. 그걸 아는 놈은 이 세상에 단 한 사람도 없어."

"마누라 말고는 말이지." 내가 거들었다.

"마누라야 알지. 마누라는 잘 알아. 당연히 알지. 틀림없이 그래."

"물 좀 타게."

"제리, 자네는 그 심정이 어떤 건지 전혀 모른다고."

그는 몹시 취해 있었다. 그는 나를 빤히 바라보았고, 좀 지나칠 정도로 골똘히 쳐다보았다.

"이제 잠이 잘 올 걸세." 내가 말했다.

"여보게, 제리. 자네 돈 좀 벌고 싶은 생각 있나? 그렇다면 월컷한테 돈을 걸게."

"그래?"

"내 말 잘 들어, 제리." 잭은 술잔을 내려놓았다. "난 취하지 않았어. 내가 그자에게 돈을 얼마나 걸고 있는지 아나? 5만 달러야."

"엄청난 돈인데."

"5만 달러라고. 2 대 1의 비율로 난 2만 5000달러를 따게 될 거야. 그 사람에게 돈을 걸게, 제리." 잭이 말했다.

"그거 괜찮은데."

"내가 어떻게 그 자식을 당해 내겠나? 사기 치는 게 아냐. 내가 어떻게 그놈을 이기겠어? 그러니 돈을 걸고 돈벌이 좀 해 봐."

"물론이지."

"난 일주일 동안 잠을 못 잤어. 밤새도록 눈을 말똥말똥 뜨고 누워서 머리가 빠개질 정도로 걱정만 했어. 통 잠을 잘 수가 있어야지, 제리. 잠을 잘 수 없다는 게 어떤 고통인지 자네는 모를 거야."

"맞는 말이야."

"통 잠을 잘 수가 없었어. 그뿐이야. 도무지 잠이 오지 않는 거야. 몇 년이고 잠을 못 자는데 몸을 돌본들 무슨 소용이 있겠나?"

"그것참 안된 일이군."

"잠을 자지 못한다는 게 어떤 건지 자넨 정말 모를 거야, 제리."

"술잔에 물을 좀 섞게." 내가 말했다.

11시 무렵 잭은 거의 정신을 잃었고, 나는 그를 침대에 눕혔다. 마침내 그는 잠을 이룰 수밖에 없는 상태가 되었다. 그가 옷을 벗도록 도와준 뒤 잠자리를 살폈다.

"이제 제대로 잠을 잘 걸세, 잭." 내가 말했다.

"물론이지. 이젠 자야지."

"그럼 잘 자게나, 잭."

"잘 자게, 제리. 내 친구는 오로지 자네뿐이야."

"쓸데없는 소리!"

"자네는 나의 유일한 친구야. 친구는 자네 하나밖에 없어."

"어서 잠이나 자게."

"그럼 자겠네."

호건은 아래층 사무실 책상에 앉아서 신문을 보고 있었다. 그가 얼굴을 쳐들었다. "그래, 자네 보이프렌드는 재웠나?" 그가 물었다.

"뻗어 버렸어."

"못 자는 것보다야 낫지." 호건이 말했다.

"맞는 말이야."

"하지만 스포츠 기자들에게 그걸 설명해 주려면 혼쭐 좀 날 거야." 호건이 말했다.

"그럼, 나도 자야겠군." 내가 말했다.

"잘 자게." 호건이 말했다.

나는 오전 8시에 아래층으로 내려와서 아침을 먹었다. 호건은 자기 손님들을 헛간으로 데려가서 운동 연습을 지도했다. 나는 그곳에 나가서 그들을 지켜보았다.

"하나! 둘! 셋! 넷!" 호건이 구령을 붙이고 있었다. "잘 잤나, 제리. 잭은 일어났나?" 그가 물었다.

"아니. 아직도 자고 있어."

나는 내 방으로 돌아와서 다시 시내로 들어가기 위해 짐을 꾸렸다. 9시 30분쯤, 옆방에서 잭이 일어나는 소리가 들렸다. 나는 그가 아래층으로 내려가는 소리를 듣고 뒤따라 내려갔다. 잭은 아침 식사를 하려고 식탁 앞에 앉아 있었다. 호건도 들어와서 식탁 옆에 서 있었다.

"기분은 어떤가, 잭?" 내가 그에게 물었다.

"나쁘진 않아."

"잠은 잘 잤나?" 호건이 물었다.

"잘 잤어. 혀가 좀 굳었지만 숙취는 없어."

"잘됐군. 좋은 술이었거든." 호건이 말했다.

"술값은 계산서에 올려놓게." 잭이 말했다.

"시내에는 몇 시에 들어가고 싶은가?" 호건이 물었다.

"점심 전에 들어가려고. 11시 기차로 말이야." 잭이 대답했다.

"좀 앉게, 제리." 잭이 말했다. 호건은 식당을 떠났다.

나는 식탁에 앉았다. 잭은 자몽을 먹으며 숟가락에 씨를 뱉어서 접시에 버렸다.

"어젯밤엔 상당히 취했던 모양이야." 그가 말문을 열었다.

"꽤 마셨으니까."

"횡설수설 지껄인 것 같은데."

"별건 아니었어."

"호건은 지금 어디 있나?" 그가 물었다. 자몽도 다 먹어 치운 뒤였다.

"사무실 앞에 있어."

"시합에 돈 거는 것에 대해 내가 뭐라고 지껄이던가?" 잭이 물었다. 그는 숟가락을 쥐고서 자몽을 슬쩍 찔러 댔다.

젊은 여자가 햄에그를 가져다 놓고 자몽을 치웠다.

"우유 한 잔 더 줘요." 잭이 여자에게 말했다. 그녀는 식당에서 나갔다.

"자네가 월컷에게 5만 달러를 건다고 했네." 내가 말했다.

"사실이야." 잭이 말했다.

"엄청나게 큰돈이잖아."

"그 일을 생각하면 기분이 썩 좋지는 않아." 잭이 말했다.

"무슨 일이 일어날지 모르니까."

"아냐. 그 녀석은 선수권을 굉장히 원하거든. 아마 녀석하고도 벌써 손발을 맞췄을 거야." 잭이 말했다.

"하지만 알 수 없잖아."

"아니, 그 녀석은 선수권을 갖고 싶어 해. 그만한 거액을 투자할 가치가 있지."

"5만 달러면 정말 엄청난 거액이잖아." 내가 말했다.

"일종의 거래지. 난 녀석을 못 이겨. 죽었다 깨어나도 이길 수 없다는 걸 자네도 잘 알잖나." 잭이 말했다.

"일단 시합에 나가면 기회야 얼마든지 있지."

"아냐. 난 이제 볼 장 다 봤어. 이건 그냥 거래야." 잭이 말했다.

"그래, 기분은 어떤가?"

"아주 좋아. 내게 필요했던 건 잘 자는 것뿐이었거든." 잭이 대답했다.

"시합이 잘 풀릴지도 몰라."

"멋있는 한판을 보여 주지." 잭이 말했다.

잭은 아침 식사를 마치고 아내에게 장거리 전화를 걸었다. 그는 전화박스 안에서 통화를 했다.

"여기 나온 뒤로 잭이 마누라한테 전화 거는 건 이번이 처음이야." 호건이 말했다.

"편지는 매일 쓰던걸."

"그랬지. 편지는 한 통에 이 센트밖에 안 드니까." 호건이 대꾸했다.

호건이 우리에게 작별 인사를 건넸다. 안마사 브루스가 짐마차로 우리를 기차역까지 바래다주었다.

"안녕히 가십시오, 브레넌 씨. 그 자식을 한 방에 날려 버리기를 진심으로 바랍니다." 브루스가 기차를 향해 말했다.

"잘 있게." 잭이 말했다. 그는 브루스에게 이 달러를 쥐여 주었다. 브루스는 그동안 잭의 일을 많이 돌봐 주었으므로 이 달러에 조금 실망한 얼굴이었다. 나는 이 달러를 들고 있는 브루스를 바라보았고, 잭은 그런 나를 쳐다보았다.

"모두 계산서에 들어 있어. 호건이 안마값이라고 하며 내 앞으로 달아 놓았거든." 그가 말했다.

시내로 향하는 기차 안에서 잭은 입을 열지 않았다. 그는 차표를 모자 띠에 꽂고 자리 모퉁이에 앉아서 차창 밖을 내다보았다. 딱 한 번 내 쪽으로 몸을 돌리더니 말을 건넸다.

"마누라에게 오늘 셸비 호텔에서 묵을 거라고 했지. 가든[42]에서 모퉁이를 돌면 바로 있거든. 내일 아침에는 집에 갈 수 있어." 그가 말했다.

"잘 생각했네. 자네가 시합하는 걸 자네 부인이 본 적 있나, 잭?" 내가 물었다.

"아니, 내가 싸우는 건 한 번도 본 적 없어." 잭이 대답했다.

시합을 끝내고 곧장 집으로 돌아가리라 생각하지 않는 걸보니 잭은 틀림없이 처참하게 얻어맞으리라고 예상하는 모양이었다. 시내에서 우리는 택시를 잡아타고 셸비 호텔로 갔다. 호텔 종업원이 나와서 우리 가방을 받았고, 우리는 프런트로 발걸음을 옮겼다.

"방값이 얼마요?" 잭이 물었다.

"저희는 2인용 침실밖에 없습니다. 훌륭한 2인용 침실이 십 달러입니다."

"너무 비싼데."

---

42 미국 뉴욕주 뉴욕시 맨해튼에 위치한 실내 종합 경기장으로, 매디슨 스퀘어 가든을 가리킨다.

"칠 달러짜리 2인용 침실도 있습니다."

"목욕탕은 붙어 있나?"

"물론이죠."

"같이 자는 게 어때, 제리." 잭이 제안했다.

"아, 난 매형 집에 가서 자겠어."

"자네더러 방값을 지불하라는 건 아닐세. 이왕이면 지불한 돈만큼 방을 이용하고 싶어서 그러는 거지." 잭이 대꾸했다.

"숙박계에 기입하시겠습니까?" 사무원이 말했다. 그러고는 숙박계에 적힌 이름들을 바라보았다. "238호입니다, 브레넌 씨."

우리는 엘리베이터를 타고 객실로 올라갔다. 침대가 두개 있고, 욕실로 통하는 문이 달린 널찍한 방이었다.

"이만하면 꽤 괜찮은데." 잭이 말했다.

우리를 2층으로 안내한 종업원이 커튼을 걷고 가방을 방안에 들여놓았다. 잭이 꼼짝도 않기에 내가 그에게 25센트를 주었다. 잭은 세수를 한 뒤에 나가서 뭘 좀 먹자고 했다.

우리는 지미 핸리 식당에서 점심을 먹었다. 그곳에는 권투 관계자들이 아주 많았다. 식사를 절반 정도 마쳤을 즈음, 마침 존이 들어와서 우리와 동석했다. 잭은 별로 말을 하지 않았다.

"체중은 어떤가, 잭?" 존이 그에게 물었다. 잭은 점심을 꽤 많이 먹어 치우던 참이었다.

"옷을 입은 채로 재도 문제없어." 잭이 대답했다. 그는 체중을 줄이는 문제로 단 한 번도 걱정한 적이 없었다. 타고난 웰터급 선수로, 결코 군살이 붙지 않았기 때문이다. 호건의 농장에 머물 때는 오히려 체중이 줄기까지 했다.

"그렇지, 그건 자네가 걱정할 필요 없는 문제지." 존이 말했다.

"그중 하나지." 잭이 대꾸했다.

점심을 먹고 나서 우리는 체중 검사를 받기 위해 가든 체육관으로 향했다. 오후 3시, 현재 67킬로그램쯤이면 시합에는 아무 지장이 없었다. 잭은 수건을 두르고 체중계 위에 올라섰다. 저울대가 움직이지 않았다. 방금 체중을 잰 월컷은 사람들에게 둘러싸여 있었다.

"어디 얼마나 나가는지 보세, 잭." 월컷의 매니저 프리드먼이 말했다.

"좋아, 다음엔 저 친구를 재야 하네." 잭은 월컷 쪽으로 머리를 휙 돌렸다.

"수건을 내려놓게." 프리드먼이 말했다.

"얼마나 나가나?" 잭이 체중을 재는 사람들에게 물었다.

"65킬로그램입니다." 체중을 재던 뚱뚱한 친구가 대답했다.

"잘 줄였군, 잭." 프리드먼이 말했다.

"이제 저 친구를 재 보게." 잭이 제안했다.

월컷이 다가왔다. 그는 금발에다 어깨가 넓었고, 팔뚝은 마치 헤비급 선수 같았으나 다리는 별로 길지 않았다. 잭은 그 사람보다 머리통의 반만큼 키가 더 컸다.

"잘 있었나, 잭." 그가 인사를 했다. 그의 얼굴은 상처투성이였다.

"잘 있었는가." 잭이 인사를 했다. "기분은 어떤가?"

"좋아." 월컷이 대답했다. 그는 허리에 둘렀던 수건을 내려놓고 체중계 위에 올라섰다. 그는 유달리 어깨와 등이 널찍했다.

"66.5킬로그램입니다."

월컷이 체중계에서 내려서며 잭을 보고 싱긋 웃었다.

"그래. 잭이 자네에게 1.5킬로그램 정도 접어 준 셈이군."

"링에 들어갈 때는 그보다 늘겠는걸. 지금 막 먹으러 나가는 길이거든." 월컷이 대꾸했다.

우리는 자리로 돌아왔고, 잭은 옷을 입었다. "저 자식 무척 억세 뵈는데." 잭이 내게 말했다.

"꼴을 보니 꽤나 여러 번 두들겨 맞은 모양이야."

"아, 그래, 맞아. 저 자식을 때리는 건 어렵지 않겠어." 잭이 말했다.

"이제 어디로 가는 거야?" 잭이 옷을 다 입었을 때 존이 물었다.

"호텔로 돌아가겠어. 모두 살펴 뒀겠죠?"

"그럼, 다 챙겨 뒀지."

"잠시 누워 있어야겠어요." 잭이 말했다.

"6시 45분쯤에 자네한테 가겠네. 그때 가서 저녁을 먹기로 하세."

"좋아요."

호텔로 돌아와서 잭은 구두와 외투를 벗고 잠시 자리에 누웠다. 나는 편지를 한 장 썼다. 몇 번이나 슬쩍 쳐다보았지만 잭은 영 잠을 이루지 못했다. 죽은 듯이 누워서도 가끔씩 눈을 껌뻑거렸다. 그러다가 마침내 그가 일어나 앉았다.

"크리비지43 어떤가, 제리?" 그가 물었다.

---

43 크리비지 판의 말로 득점을 헤아리며 두 사람이 겨루는 서양의 카드놀이.

"그거 좋지." 내가 대답했다.

잭은 자기 가방이 있는 데로 가서 카드와 크리비지 판을 꺼냈다. 결국 잭이 이겼으므로 나는 삼 달러를 내줘야 했다. 존이 문을 두드리고 들어왔다.

"크리비지 어때, 존?" 잭이 그에게 물었다.

존이 켈리 모자를 벗어서 테이블 위에 놓았다. 모자는 물론이고, 외투도 흠뻑 젖어 있었다.

"지금 비 오나?" 잭이 물었다.

"억수같이 쏟아지고 있어. 택시를 탔다가 하도 막혀서 그만 내려서 걸어왔지." 존이 말했다.

"이리 와서 크리비지나 좀 하죠." 잭이 말했다.

"자네, 이제 식사하러 나가야 할 시간이야."

"아니, 아직 식사하고 싶지 않아요." 잭이 대꾸했다.

그래서 그들은 삼십 분쯤 크리비지를 했고, 잭이 존에게서 일 달러 오십 센트를 따냈다.

"자, 이제 그만 식사하러 가죠." 잭이 제안했다. 그는 창가로 가서 바깥을 내다보았다.

"비가 아직도 오나?"

"그렇군."

"호텔에서 먹지 그래." 존이 제안했다.

"좋아요. 우리 한 판만 더 해서 누가 저녁 식사값을 낼지 정하죠."

이윽고 잭이 자리에서 일어나며 "당신이 내야겠네요, 존." 하고 말했다. 우리는 아래층 넓은 식당으로 내려와서 식사를 했다.

식사를 마친 뒤 2층 객실로 올라와서 잭과 존은 다시 크리비지를 시작했다. 이번에도 잭이 이 달러 오십 센트를 땄다. 잭은 퍽 즐거워했다. 존은 잭의 물건을 모두 챙겨 넣은 가방을 하나 준비했다. 바깥에 나갈 때 감기에 걸리지 않도록 잭은 깃이 달린 셔츠를 벗고 셔츠와 스웨터를 입었다. 그리고 권투복과 가운은 가방 안에 집어넣었다.

"준비 다 됐나? 전화를 걸어서 택시 한 대 부르겠네." 존이 그에게 말했다.

얼마 안 있어 전화벨이 울리더니 택시가 기다리고 있다고 알려 주었다.

우리는 엘리베이터를 타고 로비로 내려와서 호텔을 빠져나왔다. 그러고는 택시를 타고 가든 체육관으로 향했다. 비가 억수로 쏟아지는데도 거리에는 사람들이 많았다. 가든 체육관 입장권은 매진된 상태였다. 탈의실로 들어가면서 보니 사람들이 체육관을 가득 메우고 있었다. 링까지의 거리는 800미터쯤 되어 보였다. 사방이 깜깜했다. 조명은 링 주위만을 비추고 있었다.

"이렇게 비가 쏟아지는데 야구장에서 시합하지 않은 것만도 천만다행이야." 존이 말했다.

"대단한 관중인데." 잭이 말한다.

"가든 체육관이 관람객을 다 수용할 수 없을 만큼 충분히 흥행할 만한 시합이잖아."

"참, 날씨란 도통 모르겠단 말야." 잭이 말했다.

존이 탈의실 문가에 다가와서 머리를 쑥 들이밀었다. 잭은 가운을 입고 팔짱을 낀 채 그곳에 앉아서 마룻바닥을 바라보고 있었다. 존은 조수 두세 명을 거느리고 있었다. 그들은 그의 어깨 너머로 안쪽을 바라보았다. 잭이 고개를 들었다.

"그 자식 나왔나요?" 그가 물었다.

"지금 막 내려갔어." 존이 대답했다.

우리도 내려갔다. 그사이 월컷은 막 링으로 들어서고 있었다. 관중이 그에게 요란한 박수갈채를 보냈다. 그는 로프 사이로 기어 올라가서 두 주먹을 모으고 미소를 짓더니 관중을 향해 주먹을 흔들었다. 처음에는 링 한쪽에서, 다음에는 링의 다른 쪽에서 주먹을 흔든 뒤 자리에 앉았다. 잭은 관중 사이로 내려오면서 엄청난 박수를 받았다. 잭은 아일랜드인이고, 아일랜드인은 언제나 큰 박수를 받는다. 아일랜드인은 뉴욕에서 유대인이나 이탈리아인만큼 인기를 끌지 못하지만, 그래도 언제나 큰 박수를 받는다. 잭이 링에 올라서서 로프 사이로 들어가려고 몸을 굽히자 월컷이 자기 코너에서 다가오더니 잭이 쉬이 들어오도록 로프를 아래로 눌러 주었다. 관중에겐 멋지게 보일 법한 행동이었다. 월컷은 잭의 어깨 위에 손을 얹고 잠깐 동안 그대로 서 있었다.

"그래, 이런 식으로 인기 있는 챔피언 중 하나가 되어 보겠다 이거군. 이 더러운 손, 내 어깨에서 치우라고." 잭이 그에게 내뱉었다.

"진정하게." 월컷이 말했다.

이 모든 게 관중에게는 정말 대단하게 보일 터다. 시합을 앞둔 두 선수가 이렇게나 신사적일 수 있다니! 이렇게나 서로에게 행운을 빌어 줄 수 있다니!

잭이 손에 붕대를 감고 있을 때 솔리 프리드먼은 우리 코너로 다가왔고 존은 월컷의 코너로 갔다. 잭은 붕대 틈에 엄지손가락을 집어넣은 다음, 매끈하고 말쑥하게 붕대를 손에 감았다. 나는 테이프를 그의 손목에 감은 뒤 손가락 관절에도 두 번 빙 둘러 감았다.

"이봐, 그 테이프는 어디서 구했나?" 프리드먼이 물었다.

"만져 봐, 부드럽지? 그렇게 촌티 좀 내지 말게." 잭이 말했다.

잭이 다른 손에 붕대를 감는 동안 프리드먼은 줄곧 그곳에 서 있었다. 잭을 거들어 줄 소년 하나가 글러브를 가져오자나는 직접 껴 보고 이리저리 살폈다.

"이봐, 프리드먼, 저 월컷이라는 작자, 어느 나라 사람인가?" 잭이 물었다.

"모르겠는데. 덴마크 아닌가." 솔리가 대답했다.

"보헤미아 사람이에요." 글러브를 가져온 소년이 말했다.

심판이 두 사람을 링 중앙으로 불러내자 잭이 걸어 나갔다. 월컷은 빙그레 미소를 지으면서 나왔다. 두 사람이 마주보고 서자 심판은 두 사람의 어깨 위에 팔을 얹었다.

"어이, 인기쟁이." 잭이 월컷에게 말했다.

"진정하게."

"자네는 뭣 때문에 '월컷'이라는 이름을 붙였나? 그게 검둥이 이름이라는 걸 몰랐던 거야?" 잭이 물었다.

"자, 똑똑히 들어……." 심판이 말했다. 그러고 나서 그는 시합 때마다 되풀이하는 주의 사항을 일러 주었다. 월컷이 한번 그의 말을 가로막았다. 그러고는 잭의 팔을 붙들더니 "이친구가 이런 식으로 나를 붙잡을 때 내가 때려도 됩니까?"라고 물었다.

"손 치워! 지금 영화를 찍는 게 아니잖아." 잭이 내뱉었다.

그들은 각자 코너로 돌아갔다. 나는 잭의 가운을 벗겼고, 그는 로프에 기대서서 몇 차례 무릎을 굽혔다 편 다음, 바닥의

송진에 신발을 비벼 댔다. 공(gong)이 울리자 잭은 재빨리 돌아서서 앞으로 나아갔다. 월컷도 그에게 다가왔고, 그들은 서로 글러브를 맞댔다. 이어 월컷이 두 손을 내리는 순간, 잭이 왼손으로 두 번 그의 얼굴을 날렸다. 잭은 주먹을 기막히게 잘 날리는 선수였다. 월컷은 턱을 가슴에 묻고 줄곧 앞으로 나아가며 잭을 쫓아다녔다. 그는 훅이 특기이므로 양손을 꽤 아래쪽에 내려놓고 있었다. 그가 노리는 건 오로지 상대방에게 파고들어 후려칠 수 있는 순간뿐이었다. 그렇지만 파고들 때마다 잭은 왼손으로 그의 얼굴을 갈겼다. 그것은 기계적인 동작이나 마찬가지였다. 잭의 왼손은 위로 들리기만 하면 월컷의 피범벅이 된 면상을 후려갈겼다. 서너 번 오른손을 날리기도 했지만 월컷은 어깨로 막아 내거나 머리를 숙여 피했다. 다른 훅 선수들도 모두 이런 식이었다. 그가 두려워하는 상대는 자기와 같은 훅 선수뿐이었다. 그는 충격을 받을 만한 부위는 모두 막아 냈다. 얼굴에 왼손쯤 달려들어도 상관하지 않았다.

4회전이 끝났을 무렵, 잭은 그의 얼굴에 온통 상처를 내고 급기야 피투성이 곤죽으로 만들어 놓았지만, 월컷이 파고들 때마다 그 역시 심하게 얻어맞았으므로 그의 양쪽 갈빗대 바로 밑에는 크고 붉은 상처가 두 개 나 있었다. 상대가 파고들 때마다 잭은 그를 클린치[44]한 다음, 한 손을 빼내서 어퍼컷을 날렸다. 그런데 월컷이 두 손을 빼내서 잭의 몸통을 날릴 때면 그 소리가 어찌나 크던지 장외(場外) 길거리에까지 들릴 정도였다. 정말 굉장한 펀치였다.

그다음 세 차례의 경기도 이런 식으로 진행되었다. 그들

44 권투 경기 중에 공격을 피하기 위해 상대방을 껴안는 것.

은 말 한마디 하지 않았다. 시종 싸우기만 했다. 휴식 때마다 우리는 잭을 세심하게 돌봤다. 상태가 별로 좋지 않았지만 잭은 원래부터 링 위에서 많이 움직이는 편이 아니었다. 바삐 움직이는 대신 왼손만 기계적으로 내뻗었다. 마치 그의 왼손은 월컷의 얼굴과 연결되어 있는 듯했고, 원하기만 하면 언제든지 가닿을 수 있을 것만 같았다. 잭은 근접전에선 늘 침착하기 때문에 쓸데없이 힘을 소모하지 않았다. 근접전을 할 때 어떻게 행동해야 하는지를 잘 알았으므로 상대가 아무리 온갖 기교를 사용해도 무사히 빠져나왔다. 그들이 우리 쪽 코너에서 싸울 때, 잭은 월컷을 클린치하며 오른손을 빼 뒤집더니 글러브 끝부분으로 그의 콧등을 잽싸게 올려 쳤다. 월컷은 피를 심하게 흘리면서 잭의 어깨 위에 코를 가져다 대고 혈흔을 남기려 했다. 그러자 잭이 어깨를 살짝 들치면서 그의 코를 때렸고, 오른손을 아래로 내렸다가 또다시 같은 방식으로 주먹을 날렸다.

월컷은 몹시 아파 보였다. 5회전이 끝날 무렵, 그는 잭의 배짱에 넌더리를 냈다. 잭은 화를 내지 않았다. 말하자면 평소보다 더 화가 나 있지 않았다. 그는 확실히 상대로 하여금 권투에 염증을 느끼도록 하는 재주가 있었다. 그가 키드 루이스를 몹시 미워하게 된 까닭도 바로 그 때문이었다. 그는 한 번도 키드의 화를 돋운 일이 없었다. 키드 루이스는 언제나 잭이 모르는 비열한 새 수법을 서너 가지쯤 들고 나왔다. 몸이 튼튼하기만 하면 잭은 링에서 언제나 철옹성처럼 안전했다. 그는 확실히 월컷을 거칠게 다루고 있었다. 그런데 재미있는 점은 잭이 오픈 클래스[45] 복서처럼 보였다는 점이다. 따지고 보면 그것도 그에게 그런 소질이 있었기 때문이다.

7회전을 마치고 잭이 말했다. "왼손이 점점 말을 안 듣는데."

그때부터 잭은 얻어맞기 시작했다. 처음에는 눈에 띄지 않았다. 그러나 이젠 그가 아닌 월컷이 시합을 이끌고 있었다. 잭은 줄곧 안전하던 이전과 달리 곤경에 처해 있었다. 그는 더 이상 왼손으로 월컷의 접근을 막아 내지 못했다. 겉으로 보기에는 전과 별로 다르지 않았지만, 지금은 월컷의 펀치가 빗나가지 않고 정확하게 그를 강타하고 있었다. 잭의 몸은 엄청난 타격을 받았다.

"몇 라운드째야?" 잭이 물었다.

"11라운드야."

"더는 못 견디겠어. 다리가 말을 안 들어." 잭이 말했다.

월컷은 벌써 일정한 간격으로 잭을 강타하고 있었다. 마치 야구에서 포수가 공을 뒤로 빼내 받으며 충격을 더는 것과 비슷했다. 이때부터 월컷은 맹렬하게 주먹을 날리기 시작했다. 그는 분명히 매서운 펀치 기계였다. 잭은 이제 어떤 공격이든 그저 막아 내려고만 할 뿐이었다. 겉보기에는 그렇게 무시무시한 펀치를 받고 있는 듯 보이지 않았다. 매 경기 사이사이 휴식 때마다 나는 그의 다리를 주물러 주었다. 그럴 때마다 그의 근육은 내 손 밑에서 푸들푸들 떨렸다. 그는 지독하게 아파했다.

"어떻게 되어 가고 있지?" 그가 퉁퉁 부어오른 얼굴을 이

---

45 아마추어 복싱 등급의 하나.

쪽으로 돌리며 존에게 물었다.

"그 자식한테 유리한 시합이야."

"끝까지 버틸 수 있을 것 같아. 저런 애송이[46] 자식한테 나가떨어지고 싶지는 않아." 잭이 내뱉었다.

시합은 그가 예상했던 대로 진행되었다. 그는 월컷을 이길 수 없음을 잘 알고 있었다. 그는 더 이상 강하지 않았다. 그러나 그런대로 괜찮았다. 돈이 들어올 테니, 이제 시합을 자기 마음에 들게 마무리하고 싶었다. 녹아웃당하고 싶지는 않았다.

공이 울리자 우리는 그를 링으로 내보냈다. 그는 천천히 나아갔다. 월컷이 곧바로 그를 뒤쫓아 나왔다. 잭이 왼손으로 그의 얼굴을 가격했고, 월컷은 그것을 받으면서도 밑으로 파고들며 잭의 몸통을 갈기기 시작했다. 잭은 그를 클린치하려고 했지만, 그것은 마치 윙윙거리며 돌아가는 회전 톱을 붙잡으려고 하는 것과 같았다. 잭은 겨우 빠져나와서 오른손을 욱여넣었지만 빗나갔다. 월컷이 왼손으로 훅을 날리자 잭은 바닥에 쓰러지고 말았다. 그는 손과 무릎을 딛고 엎어져서 우리 쪽을 바라보았다. 그러자 심판이 카운트를 하기 시작했다. 잭은 우리를 바라보면서 머리를 흔들었다. 여덟까지 갔을 때 존이 그에게 몸짓을 했다. 관중의 함성 때문에 말소리가 들리지 않았다. 잭이 일어섰다. 심판은 카운트를 하는 동안 다른 한 손으로 월컷을 막고 있었다.

잭이 일어서자 월컷이 달려들기 시작했다.

---

46 원문에는 bohunk라고 표기되어 있는데, 원래 동유럽에서 이민 온 미숙련 노동자를 뜻하는 말이다.

"조심해, 지미." 솔리 프리드먼이 그에게 고함치는 소리가 들렸다.

월컷이 잭을 노려보며 그에게 다가왔다. 잭은 그에게 왼손을 날렸다. 월컷의 머리가 가볍게 흔들렸다. 그는 잭을 로프에 몰아넣고 각을 재면서 잭의 옆머리에 왼손 훅을 가볍게 날렸다. 그러고는 오른손으로 할 수 있는 한 가장 강하게 몸통에 일격을 날렸다. 그것도 주먹이 닿을 수 있는 한 가장 아랫부분을 향해서 말이다. 틀림없이 벨트에서 십삼 센티미터쯤 아래 부위를 갈긴 것 같았다.[47] 나는 잭의 머리에서 눈알이 튀어 나오지 않을까, 생각했다. 정말 눈알이 앞으로 불쑥 불거졌다. 또 입이 딱 벌어졌다.

심판이 월컷을 붙들었다. 잭은 앞으로 발을 내디뎠다. 만약 그 자리에서 쓰러진다면 5만 달러가 날아갈 판이었다.[48] 그는 내장이 모두 쏟아져 나올 듯 휘청거렸다.

"아래를 친 게 아냐. 그냥 우연이었어." 그가 말했다.

관중이 함성을 너무 질러 대서 아무 소리도 들리지 않았다.

"난 괜찮아." 잭이 말했다. 두 사람은 바로 우리 앞에 와 있었다. 심판이 존을 보더니 머리를 흔들었다.

"자, 덤벼라. 이 폴란드 개자식 같으니." 잭이 월컷에게 말했다.

존은 로프를 붙잡았다. 그는 수건을 던지려고 준비했다.[49]

---

47 권투 시합에서 벨트 아랫부분을 치는 것은 반칙이다.

48 여기서 월컷의 반칙이 인정되면 잭은 판정승하게 된다.

49 권투 시합에서 링 안에 수건을 던지는 것은 시합을 포기한다는 뜻이다.

잭은 로프에서 조금 떨어진 곳에 서 있었다. 그는 앞쪽으로 한 걸음 내디뎠다. 마치 누가 쥐어짜기라도 하는 듯 얼굴에선 땀이 줄줄 흘러내렸고, 큰 땀방울 하나가 코 밑으로 떨어졌다.

"자, 덤벼라." 잭이 월컷에게 소리쳤다.

심판은 존을 살핀 뒤 월컷에게 계속하라고 손을 흔들었다.

"자, 덤벼라, 이 애송이 자식아." 잭이 내뱉었다.

그러자 월컷이 덤벼들었다. 그도 어떻게 해야 할지 난감해하고 있었다. 잭이 그런 펀치를 맞고도 버텨 내리라고는 생각하지 못했던 것이다. 잭이 그의 얼굴에 왼손을 날렸다. 관중석에서는 지붕이라도 날릴 듯한 엄청난 함성이 터져 나왔다. 두 사람은 바로 우리 앞에 와 있었다. 월컷이 그를 두 번 휘갈겼다. 잭의 얼굴은 일찍이 내가 본 것 중에 가장 처참했다. 차마 눈 뜨고는 볼 수 없는 험악한 표정이었다! 몸과 마음을 가까스로 지탱하고 있음이 얼굴에 역력히 드러났다. 그는 언어맞은 곳을 움츠리고 참아 내면서 줄곧 생각하고 있었다.

그러고 나서 잭은 주먹을 날리기 시작했다. 그의 얼굴은 줄곧 끔찍해 보였다. 그는 두 손을 옆구리에 내려뜨리고 월컷을 향해 휘두르기 시작했다. 월컷이 막아 댔지만 잭은 월컷의 머리를 향해 난폭하게 주먹을 날렸다. 그런 뒤 휘두른 왼손이 월컷의 국부에 들어가 맞았고, 오른손은 자기가 그에게 얻어맞았던 바로 그 자리를 강타했다. 벨트의 꽤 아랫부분이었다. 월컷은 쓰러져서 얻어맞은 부위를 붙잡고 뒹굴며 몸을 한 바퀴 비틀었다.

심판이 잭을 붙잡고 그를 코너 쪽으로 밀었다. 존이 링 안으로 뛰어 들어갔다. 관중의 함성은 계속되었다. 심판이 배심원들과 의논하더니, 곧 아나운서가 확성기를 가지고 링으로 올라왔다. "반칙에 따라 월컷이 승리했습니다!"라고 발표했다.

심판이 존과 이야기를 나누더니 곧이어 이렇게 말했다. "내가 어떻게 할 도리가 있어야지? 잭이 반칙을 당하고도 판정승을 받아들이려고 하지 않았거든. 그러다 그로기 상태가 되더니 되레 반칙을 범하고 말았네."

"어쨌든 그가 졌어." 존이 말했다.

잭은 의자에 앉아 있었다. 나는 그의 글러브를 벗겨 주었고, 그는 의자에 움츠려 앉아서 얻어맞은 국부를 두 손으로 감쌌다. 어디에든 몸을 의지할 수 있게 되자 얼굴이 방금 전보다는 나아 보였다.

"저쪽에 가서 미안하다고 한마디 하게. 그게 남 보기에도 좋아." 존이 그의 귀에 대고 말했다.

잭이 일어섰고 그의 얼굴에서 땀이 비 오듯 쏟아졌다. 내가 그에게 가운을 걸쳐 주자 그는 한 손으로 가운 밑의 상처를 감싼 채 링을 가로질러 갔다. 사람들이 월컷을 일으켜 세운 뒤 돌보고 있었다. 월컷의 코너에는 사람들이 많았다. 아무도 잭에게 말을 걸지 않았다. 그는 월컷에게 몸을 숙였다.

"미안하게 됐네. 일부러 반칙을 하려던 건 아니었어." 잭이 말했다.

월컷은 아무 말이 없었다. 그는 몹시 아파 보였다.

"그래, 이젠 자네가 챔피언이야. 그 덕에 재미나 실컷 보게." 잭이 그에게 말했다.

"가만 내버려 둬." 솔리 프리드먼이 말했다.

"여보게, 솔리. 자네 선수한테 반칙을 해서 미안하군." 잭이 말했다.

프리드먼은 그저 그를 바라다볼 따름이었다.

잭은 우스꽝스럽게 실룩거리며 자기 코너로 걸어갔다. 우리는 로프 사이로 그를 내려보낸 뒤 기자석을 지나 통로를 따라 내려갔다. 잭의 등을 찰싹 때리려는 사람들이 많았다. 그는 가운을 두르고 군중 사이를 지나 탈의실로 갔다. 월컷이 승리하리라는 예상이 우세했었는데 예측대로 그가 승리한 것이었다. 가든 체육관에서는 바로 그런 식으로 돈을 걸었다.

탈의실로 들어가니 잭이 두 눈을 감고 드러누워 있었다.

"호텔로 가서 의사를 불러야겠어." 존이 말했다.

"배 속이 모두 터진 모양이에요." 잭이 말했다.

"뭐라고 말할 수 없이 미안하네." 존이 말했다.

"천만에요." 잭이 대꾸했다.

그는 두 눈을 감고 그대로 누워 있었다.

"자식들이 비열하게도 배신 때릴 작정이었던 것 같아." 존이 말했다.

"당신 친구들 아닌가요, 모건이니 스타인펠트니 하는 작자들. 다들 참 훌륭해요." 잭이 내뱉었다.

잭은 지금 두 눈을 크게 뜬 채 그대로 누워 있었다. 그의 얼굴은 아직도 끔찍하게 일그러져 있었다.

"그런 거금이 걸려 있으니 신기하게도 머리가 잘 돌아가나 봐요." 잭이 말했다.

"자네도 대단한 친구야, 잭." 존이 말했다.

"아니, 이 정도는 아무것도 아니죠." 잭이 대꾸했다.

흰 코끼리 같은 언덕

에브로강[50] 골짜기 건너편 언덕들은 길쭉한 데다 흰빛이었다. 이쪽 편에는 그늘도 없고 나무도 없었으며, 내리쬐는 햇볕 아래 양쪽으로 선로를 둔 역만이 있었다. 역 건물의 그림자로 약간 무더운 그늘이 드리웠고, 건물 술집의 열린 문에는 대나무를 짧게 잘라서 구슬처럼 꿴 주렴이 파리를 막기 위해 걸려 있었다. 미국인 그리고 그와 동행한 아가씨가 건물 밖 그늘진 테이블에 앉아 있었다. 날씨가 몹시 무더웠다. 바르셀로나에서 오는 급행열차는 사십오 분만 있으면 도착할 참이었다. 이 분 동안 간이역에 정거한 뒤 마드리드로 떠날 기차였다.

"뭘 시킬까요?" 아가씨가 물었다. 그녀는 모자를 벗어서 테이블 위에 올려놓았다.

"날씨가 꽤 덥군." 사내가 말했다.

"맥주 마셔요."

---

50 스페인 동남부를 가로질러 지중해로 흘러가는 강.

"도스 세르베사."[51] 남자가 주렴 안에 대고 주문했다.

"큰 잔으로 드릴까요?" 문 쪽에서 한 여자가 물었다.

"네. 큰 잔으로 두 개 줘요."

술집 여인이 맥주 두 잔과 펠트 잔 받침 두 개를 가지고 왔다. 펠트 잔 받침과 맥주잔을 차례로 테이블에 내려놓고 사내와 아가씨를 쳐다보았다. 아가씨는 저 멀리 언덕의 능선을 바라보고 있었다. 언덕의 양지바른 곳은 흰색을 띠었고, 그 주변은 갈색으로 메말라 있었다.

"능선들이 꼭 흰 코끼리처럼 생겼네요." 아가씨가 말했다.

"난 코끼리를 본 적이 없어." 사내가 맥주를 들이켰다.

"그래요. 그럴 수도 있겠군요."

"봤을지도 모르지. 당신이 그렇다고 말한들 증명되는 건 아무것도 없으니까." 사내가 말했다.

아가씨는 주렴을 바라보았다. "페인트로 뭐라고 적어 놓았네요. 뭐라고 쓰여 있는 거예요?" 그녀가 물었다.

"'아니스 델 토로'[52]라고 적혀 있군. 술 이름이야."

"한번 마셔 볼 수 있나요?"

사내는 주렴 너머로 "여봐요." 하고 불렀다.

그러자 여인이 술집에서 나왔다.

"사 레알레스[53]입니다."

"아니스 델 토로 두 잔 줘요."

"물을 타 드릴까요?"

51 "맥주 두 잔."이라는 뜻의 스페인어.

52 '황소의 아니스'라는 뜻의 스페인어.

53 스페인의 과거 화폐 단위로, 1레알은 8분의 1페소이다.

"물을 탈까?"

"잘 모르겠어요. 물을 타면 맛이 좋아지나요?" 아가씨가 물었다.

"그러면 좋지."

"물을 타 드릴까요?" 술집 여인이 물었다.

"네, 물을 타 줘요."

"감초맛이 나요." 아가씨가 이렇게 말하면서 잔을 내려놓았다.

"모든 게 다 그렇지."

"그래요. 무엇이든 감초 맛이 나죠. 특별히 당신이 오랫동안 기다려 왔던 것은 모두 그렇죠. 마치 압생트처럼 말이에요."

"아, 그만둬."

"당신이 먼저 말을 꺼냈어요. 난 즐기고 있는데 말예요. 재미있는 시간을 보내고 있었다고요." 아가씨가 대꾸했다.

"그럼, 한번 신나게 놀아 볼까."

"좋아요. 안 그래도 그러려고 애쓰던 참인걸요. 저 산맥이 흰 코끼리같이 생겼다고 했잖아요. 참 그럴싸하지 않나요?"

"그래, 그럴싸하군."

"난 이 새로운 술을 맛보고 싶었어요. 이런 게 우리가 하는 일의 전부죠……. 이것저것 바라보고 새로운 술을 마셔 보고."

"그런 것 같군."

아가씨는 건너편 언덕 쪽을 쳐다보았다.

"아름다운 언덕이에요. 실제로는 흰 코끼리처럼 보이지 않아요. 나무숲 사이로 흰 코끼리의 거죽 같은 색깔이 비칠 뿐이죠."

"한 잔 더 할까?"

"그러죠."

후텁지근한 바람이 불어오더니 주렴을 테이블 쪽으로 날렸다.

"맥주가 아주 차갑군." 사내가 말했다.

"맛있네요." 아가씨가 맞장구쳤다.

"그건 정말 아주 간단한 수술이야, 지그. 사실 수술이랄 것도 없어." 사내가 말했다.

아가씨는 테이블이 놓인 땅바닥을 바라보고 있었다.

"당신이 신경 쓰지 않으리라는 걸 알아, 지그. 정말 아무 것도 아냐. 그냥 공기만 집어넣는 거야."

아가씨는 아무 말이 없었다.

"나도 같이 가서 수술하는 동안 계속 함께 있을 거야. 의사가 공기만 조금 넣으면 모든 게 말끔히 정상으로 돌아오는 거지."

"그러고 난 뒤에 우린 뭘 하죠?"

"그러고 나면 우린 좋아질 거야. 예전처럼 똑같이 말이지."

"어째서 그렇게 생각하나요?"

"우리를 괴롭히는 건 그것뿐이니까. 우리를 불행하게 하는 건 그것 하나뿐이거든."

아가씨는 주렴을 바라보며 한 손을 내밀더니 구슬 두 개를 잡았다.

"그러기만 하면 우리가 다시 정상으로 돌아와서 행복해지리라고 생각하는 거죠."

"두말하면 잔소리지. 두려워할 필요 없어. 얼마나 많은 사람들이 그걸 했는지 난 잘 알아."

"그건 나도 알아요. 그리고 그 뒤로는 모두들 아주 행복해졌다고." 아가씨가 말했다.

"마음이 내키지 않으면 안 해도 돼. 당신이 원하지 않으면 억지로 시킬 생각은 없어. 하지만 식은 죽 먹기만큼이나 간단한 일이야."

"당신은 정말 그러길 원해요?"

"그게 최선의 방법이라고 생각해. 하지만 당신이 정말 하고 싶지 않다면 안 해도 돼."

"내가 그걸 하면 당신이 행복해지고 모든 일이 옛날처럼 제자리를 찾고, 또 당신은 나를 사랑해 줄 건가요?"

"지금도 당신을 사랑하고 있어. 내가 사랑하고 있는 걸 당신도 잘 알잖아."

"알아요. 그걸 하면, 내가 뭔가를 보며 흰 코끼리처럼 생겼다고 말해도 다시 아무렇지 않게 나를 좋아해 줄 건가요?"

"좋아할 거야. 지금도 좋아하지만, 단지 그런 걸 생각할 여유가 없을 뿐이야. 내가 걱정에 빠지면 어떻게 되는지 당신도 잘 알잖아."

"내가 그걸 하면 당신은 이제 걱정하지 않는 거죠?"

"난 그 일에 대해 걱정하지 않아. 아주 간단한 일이니까."

"그럼 할래요. 내 몸이야 어찌 되든 상관없어요."

"그게 무슨 뜻이야?"

"나야 어찌 되든 상관없다고요."

"저런, 난 당신을 걱정하는 건데."

"아, 물론 그렇겠죠. 하지만 난 어찌 되든 상관없어요. 그러니까 하겠다는 거예요. 그래야 모든 일이 잘 풀릴 테니까요.”

“그런 맘이라면 하지 않는 게 좋아.”

아가씨는 자리에서 일어나더니 역 끄트머리까지 걸어갔다. 반대편 너머에는 곡식을 경작하는 밭과 에브로 강둑을 따라 나무들이 서 있었다. 강 건너 저 멀리에 산들이 있었다. 구름 한 점이 그림자를 드리우며 밭을 가로지르고 있었다. 아가씨는 나무 사이로 강을 바라볼 뿐이었다.

“그리고 이 모든 것을 차지할 수 있었어요. 우린 모든 것을 가질 수도 있었다고요. 그런데 날이 갈수록 우린 더욱더 그것을 불가능하게 만들고 있어요.” 그녀가 말했다.

“그게 무슨 소리야?”

“우리가 모든 걸 소유할 수도 있었다고요.”

“우린 지금도 모든 걸 소유할 수 있어.”

“아뇨. 전혀 그렇지 않아요.”

“우린 온 세상을 소유할 수도 있어.”

“아뇨. 전혀 그렇지 않아요.”

“우린 어느 곳이든 갈 수 있어.”

“아뇨. 전혀 그렇지 않아요. 이젠 우리 것이 아니에요.”

“우리 것이야.”

“아뇨. 전혀 그렇지 않아요. 일단 빼앗기면 두 번 다시 되찾을 수 없어요.”

“하지만 아직 빼앗긴 건 아니야.”

“어디 두고 봐요.”

“그늘로 돌아와. 그런 식으로 생각하면 안 돼.” 사내가 말했다.

"아무런 생각도 하지 않아요. 다만 상황을 깨달았을 뿐이죠." 아가씨가 대꾸했다.

"난 당신이 원하지 않는 것이라면 무엇이든 안 했으면 해……."

"또는 내게 좋지 않은 것도 말이죠? 알아요. 맥주 한 잔 더 마실 수 있을까요?" 그녀가 말했다.

"좋아. 하지만 당신이 분명히 깨달아야 할 건……."

"깨닫고 있어요. 이런 얘기는 이제 그만하면 안 돼요?" 아가씨가 말했다.

두 사람은 테이블에 앉아 있었다. 아가씨는 골짜기의 메마른 언덕 쪽을 쳐다보았다. 사내는 아가씨를 보고 난 뒤 테이블로 시선을 옮겼다.

"당신이 깨달아야 할 건 말이지, 만약 당신이 그 일을 하고 싶지 않다면 나 역시 그러기를 원하지 않는다는 거야. 아이를 낳는 게 당신에게 중요한 일이라면 나도 기꺼이 받아들일 거야."

"아이가 생겨도 당신은 아무렇지 않다는 건가요? 그래도 우린 잘 지낼 수 있겠죠?"

"물론이지. 하지만 난 당신 말고는 아무도 필요하지 않아. 다른 누구도 원하지 않는다고. 게다가 내가 알기로, 그 일은 아주 간단하거든."

"아무렴요. 당신은 아주 간단한 일로 알고 있네요."

"당신이 그렇게 말하는 것도 당연하지만 난 그 일에 대해 잘 알아."

"부탁 한 가지만 들어줄래요?"

"당신을 위해서라면 뭐든지 다 들어주지."

"제발, 제발, 제발, 제발, 제발, 제발, 제발, 입 좀 다물어 줄래요?"

그는 아무 말 없이 잠자코 건물 벽에 기대 놓은 가방을 바라보았다. 가방에는 그들이 함께 밤을 보냈던 호텔의 라벨이 다닥다닥 붙어 있었다.

"하지만 난 당신이 싫다면 안 했으면 해. 난 조금도 상관없어." 그가 말했다.

"고함을 지르겠어요." 아가씨가 말했다.

술집 여인이 맥주 두 잔을 들고 주렴 안에서 나왔다. 그러고는 축축한 펠트 잔 받침 위에 맥주잔을 올려놓았다.

"오 분 있으면 기차가 도착합니다." 그녀가 말했다.

"지금 뭐라고 했나요?" 아가씨가 물었다.

"오 분 있으면 기차가 도착한대."

아가씨는 감사의 표시로 여인에게 밝게 미소 지어 보였다.

"역 반대편에 가방을 가져다 놓아야겠어." 사내가 말했다. 그러자 아가씨가 그를 바라보며 미소 지었다.

"그렇게 해요. 갔다 와서 맥주를 마저 마시죠."

사내는 무거운 가방 두 개를 들고 역 건물을 돌아서 다른 선로 쪽으로 향했다. 그는 선로 위쪽을 쳐다보았지만 기차는 아직 보이지 않았다. 자리로 돌아오면서 술집을 들여다보니 그곳엔 기차를 기다리며 술을 마시는 사람들이 있었다. 사내는 술집 스탠드에서 아니스를 한 잔 마시며 사람들을 훑어보았다. 모두들 얌전하게 기차를 기다리고 있었다. 그는 주렴을 빠져나왔다. 그녀는 테이블에 앉은 채 그에게 미소를 지어 보였다.

"기분은 좀 좋아졌나?"그가 물었다.

"좋아요. 나한테는 아무 문제가 없잖아요. 기분이 좋아요."그녀가 말했다.

패배하지 않는 사람들

마누엘 가르시아는 돈 미겔 레타나의 사무실 계단을 올라 갔다. 손가방을 내려놓고 문을 두드렸다. 그러나 아무런 대답 이 없었다. 복도에 서 있었지만 마누엘은 방 안에 누군가 있다 고 느꼈다. 문을 통해 어쩐지 그런 느낌이 전해졌던 것이다.

"레타나!" 그가 이렇게 부르고는 귀를 기울였다.

그래도 아무런 대답이 없었다.

아무렴, 방 안에 있는 게 틀림없어, 하고 마누엘은 생각했 다.

"레타나!" 그가 부르면서 문을 탕 쳤다.

"누구요?" 사무실 안에서 누군가 말했다.

"나야, 마놀로."[54] 마누엘이 대답했다.

"무슨 일이에요?" 목소리가 물었다.

"일하러 왔어." 마누엘이 대답했다.

짤깍 소리가 몇 차례 들리더니 문이 활짝 열렸다. 마누엘

---

54 '마누엘'의 애칭.

은 손가방을 들고 들어갔다.

조그마한 사내가 방 끄트머리에 자리한 책상 너머에 앉아 있었다. 그의 머리 위에는 마드리드의 박제사가 만든 황소 머리가 걸렸다. 주위 벽에는 액자에 끼운 사진이며 투우 포스터가 여러 장 걸렸다.

조그마한 사내는 자리에 앉은 채 마누엘을 바라보았다.

"당신 죽은 줄 알았는데요." 그가 말했다.

그러자 마누엘은 손가락 관절로 책상을 두드렸다.[55] 조그마한 사내는 자리에 앉아 책상 너머로 그를 바라보기만 했다.

"올해 투우를 몇 번이나 했습니까?" 레타나가 물었다.

"한 번밖에 못 했어." 그가 대답했다.

"그때 그 경기뿐인가요?" 조그마한 사내가 물었다.

"그래, 그것뿐이지."

"그 경기에 대해선 신문에서 읽었죠." 레타나가 말했다. 그는 의자에 등을 기댄 채 마누엘을 바라보았다.

마누엘은 박제한 황소 머리를 쳐다보았다. 전에도 여러 번 본 적이 있었다. 그것을 볼 때마다 가족이 생각났다. 구 년 전쯤 저 황소가 앞날이 창창하던 형을 죽인 것이다. 마누엘은 그날이 기억났다. 황소 머리가 놓인 참나무 방패 위에는 놋쇠 명판이 달렸다. 마누엘은 그것을 읽을 수 없었지만 자기 형을 기념하는 말이 쓰여 있으리라고 생각했다. 그래, 아주 멋진 형이었지.

놋쇠 명판에는 "베라구아 공작 소유의 투우 마리포사는 말 일곱 마리를 상대로 아홉 번 창(槍)을 받았으며, 1909년 4월

---

55 유럽 문화권에는 불길한 말을 들으면 손가락 관절로 나무를 두드리는 미신이 있다.

27일 견습 투우사 안토니오 가르시아를 죽였다."라고 적혀 있었다.

레타나는 마누엘이 박제된 황소 머리를 쳐다보는 모습을 바라보았다.

"공작이 일요일을 위해 보내온 황소들이 말썽을 일으킬 것 같아요. 하나같이 다리가 안 좋거든요. 카페에선 모두들 뭐라고 하던가요?" 그가 물었다.

"잘 모르겠어. 지금 막 도착한 길이라." 마누엘이 대답했다.

"그렇군요. 아직 가방을 들고 있는 걸 보니." 레타나가 말했다.

그는 큼직한 책상 너머에서 몸을 뒤로 젖히고 앉아 마누엘을 건너다보았다.

"앉으세요. 모자도 벗고요." 그가 말했다.

마누엘은 자리에 앉았다. 모자를 벗으니 얼굴이 달라 보였다. 창백한 데다, 모자 밑으로 보이지 않도록 앞이마에 핀으로 고정한 콜레타[56] 탓에 얼굴은 한결 이상야릇하게 보였다.

"안색이 안 좋군요." 레타나가 말했다.

"방금 퇴원했거든." 마누엘이 말했다.

"다리를 절단했다고 들었습니다만." 레타나가 말했다.

"아냐. 안 그랬어." 마누엘이 대답했다.

레타나는 책상 위로 몸을 기울이며 나무로 만든 담뱃갑을 마누엘 앞으로 내밀었다.

"한 대 피우시죠." 그가 말했다.

---

56 변발과 유사하게 머리카락을 땋아 내리거나 묶는 투우사의 전통적인 머리 모양이다.

"고맙네."

마누엘이 불을 붙였다.

"피우겠나?" 그가 레타나에게 성냥을 내밀며 물었다.

"아니요. 난 담배 안 피웁니다." 레타나가 손을 내저었다.

레타나는 그가 담배 피우는 모습을 바라보았다.

"취직해서 일해야 하는 거 아닌가요?" 그가 물었다.

"취직할 생각은 없어. 난 투우사니까." 마누엘이 대답했다.

"요즘 투우사가 어디 있어요." 레타나가 말했다.

"내가 바로 투우사지." 마누엘이 대꾸했다.

"하기야 투우장 안에 들어가 있는 동안은 그렇겠죠." 레타나가 대꾸했다.

마누엘은 웃었다.

레타나는 앉아서 가만히 마누엘을 쳐다볼 뿐이었다.

"정 하고 싶다면 야간 경기에 넣어 주죠." 레타나가 제안했다.

"언제 말인가?" 마누엘이 물었다.

"내일 밤에요."

"대타 노릇은 하고 싶지 않아." 마누엘이 말했다. 모두들 그런 짓을 하다가 죽어 나갔던 것이다. 살바도르 역시 그러다가 죽었다. 그는 손가락 관절로 책상을 두드렸다.

"그거 외엔 달리 드릴 일이 없어요." 레타나가 말했다.

"왜 다음 주 경기엔 안 넣어 주나?" 마누엘이 물었다.

"인기가 없으니까요. 관객이 원하는 건 리트리, 루비토, 라토레뿐이거든요. 그 애들은 잘하잖아요."

"내가 해도 보러 올 거야." 마누엘이 기대를 품고 말했다.

"아니요, 오지 않을 겁니다. 사람들은 이제 당신이 누군지 도 몰라요."

"나도 솜씨가 꽤 괜찮은데." 마누엘이 말했다.

"지금 내일 밤에 넣어 주겠다고 제안했잖아요. 광대 프로그램이 끝난 뒤 젊은 에르난데스와 짝을 이뤄서 노비요[57] 두 마리 정도는 죽일 수 있을 거예요."

"누구 노비요인데?" 마누엘이 물었다.

"그건 나도 몰라요. 울안에 들어가는 황소라면 어떤 소든 상관없지요. 대낮 같으면 수의사들이 통과시키지 않을 소들이지만요."

"대타 노릇은 하기 싫대도." 마누엘이 말했다.

"그거라도 하든 말든 마음대로 하세요." 레타나가 말했다. 그는 서류 위로 몸을 구부렸다. 이제 아무런 흥미도 없다는 표정이었다. 옛날을 회상할 때 잠시나마 느꼈던 마누엘의 매력은 이제 사라지고 없었다. 단지 싸게 먹히기 때문에 라리타 대신 그를 쓰고 싶었던 것이다. 물론 값싸게 고용할 수 있는 사람은 얼마든지 있었다. 하지만 그를 도와주고 싶었다. 어찌 되었든 그에게 기회를 준 셈이다. 이제 선택은 저 사람한테 달려 있다.

"얼마나 줄 텐가?" 마누엘이 물었다. 마음속으로는 여전히 거절해 버릴까, 하고 생각했다. 그러나 거절할 수 없음을 잘 알고 있었다.

"250페세타[58] 드리죠." 레타나가 대답했다. 500페세타는

---

57 투우용 어린 황소.
58 스페인의 과거 화폐 단위.

쥐야겠다고 생각했음에도, 막상 입을 열자 그만 250페세타라는 말이 튀어나오고 말았다.

"비얄타에겐 7000페세타를 주지 않나." 마누엘이 말했다.

"당신은 비얄타가 아니잖아요." 레타나가 대꾸했다.

"그건 나도 알아." 마누엘이 말했다.

"그는 인기가 대단하거든요, 마놀로." 레타나가 설명하듯이 말했다.

"하긴 그렇지." 마누엘이 말했다. 그는 자리에서 일어섰다. "300페세타만 줘, 레타나."

"좋아요." 레타나가 동의했다. 그는 손을 뻗어 서랍에서 서류를 꺼냈다.

"지금 50페세타만이라도 먼저 줄 수 있나?" 마누엘이 물었다.

"그러죠." 레타나가 대답했다. 그는 지갑에서 오십 페세타짜리 지폐 한 장을 꺼내서 책상 위에 올려놓았다.

마누엘은 그것을 집어서 주머니에 넣었다.

"콰드리야59는 어떻게 하나?" 그가 물었다.

"늘 밤에 일하는 애들이 있어요. 괜찮은 애들입니다." 레타나가 대답했다.

"피카도르는?" 마누엘이 물었다.

"그다지 신통하진 않아요." 레타나가 사실대로 털어놓았다.

"솜씨 있는 피카도르가 한 명은 있어야 해." 마누엘이 말했다.

"그럼 당신이 구해 봐요. 직접 구해 오세요." 레타나가 말

---

59 투우사를 돕는 보조 투우사.

했다.

"이 돈을 가지고는 그럴 수 없어. 육십 두로[60]로 콰드리야에게까지 돈을 줄 수는 없지 않나." 마누엘이 말했다.

레타나는 말없이 책상 너머로 마누엘을 바라보았다.

"쓸 만한 피카도르 한 사람이 필요해." 마누엘이 말했다.

레타나는 멀찍이 떨어져서 마누엘을 쳐다볼 뿐이었다.

"이건 부당해." 마누엘이 말했다.

레타나는 의자에 몸을 기대고 앉아, 마치 멀리 있는 사람을 바라보듯이 그를 주시했다.

"전속 피카도르들이 있어요." 그가 제안했다.

"그건 나도 알아. 자네의 전속 피카도르들을 잘 알지." 마누엘이 말했다.

레타나는 웃지 않았다. 마누엘은 얘기가 끝났음을 직감했다.

"내가 원하는 건 정당한 대우야. 어차피 출전할 바엔 황소를 제압하고 싶어. 그러려면 솜씨 좋은 피카도르가 한 사람은 있어야지." 마누엘이 논리적으로 따졌다.

그러나 쇠귀에 경(經)을 읽듯 소용없는 짓이었다.

"추가로 피카도르가 필요하다면 구해 오세요. 아니면 전속 피카도르들도 대기하고 있어요. 그러니 원하는 만큼 피카도르를 데려오라고요. 광대 프로그램은 10시 30분이면 모두 끝납니다."

"알았네. 자네 생각이 그렇다면." 마누엘이 말했다.

"그래요." 레타나가 말했다.

---

60 스페인의 과거 화폐 단위로, 일 두로는 오 페세타이다.

"그럼 내일 밤에 만나지." 마누엘이 말했다.

"그곳에서 기다리죠." 레타나가 말했다.

마누엘은 손가방을 집어 들고 사무실 밖으로 나갔다.

"문 닫고 나가요!" 레타나가 소리쳤다.

마누엘은 뒤를 돌아보았다. 레타나는 책상 앞쪽으로 몸을 숙이고 어떤 서류를 들여다보았다. 마누엘은 짤깍 소리가 나도록 문을 꼭 잡아당겼다.

마누엘은 계단을 내려와서 문을 나선 뒤 햇볕이 쨍쨍 내리쬐는 거리로 나왔다. 거리는 무척 뜨거웠고, 새하얀 건물에 반사되는 햇빛 때문에 갑자기 눈이 부셨다. 가파른 거리의 그늘 쪽으로 푸에르타델솔[61]을 향해 걸어 내려갔다. 그늘은 짙게 흐르는 물결처럼 서늘했다. 네거리를 건널 때 갑자기 후끈한 열기가 느껴졌다. 지나가는 사람 중에 마누엘이 알 만한 사람은 하나도 없었다.

푸에르타델솔에 당도하기 직전에 그는 어느 카페 안으로 들어갔다.

카페는 조용했다. 몇 사람이 벽을 등지고 테이블에 앉아 있었다. 한 테이블에서는 네 사람이 카드놀이를 하고 있었다. 벽을 등지고 앉아 있는 사람들은 대개 담배를 피우거나 테이블 위에 빈 커피 잔과 술잔을 올려놓고 있었다. 마누엘은 기다란 방을 지나 조그마한 뒷방으로 들어갔다. 한 사내가 테이블에 자리를 잡고 앉아 있었다.

웨이터가 들어오더니 마누엘의 테이블 옆에 섰다.

---

61 '태양의 문'이라는 뜻의 스페인어로, 마드리드 구시가에서 가장 번화한 상업 지역이다.

"주리토 봤나?" 마누엘이 그에게 물었다.

"점심 전에 들렀습니다. 5시나 돼야 돌아올 겁니다." 웨이터가 대답했다.

"밀크 커피하고 브랜디 한 잔 주게." 마누엘이 주문했다.

웨이터는 큼직한 커피 잔과 술잔이 놓인 쟁반을 들고 방으로 돌아왔다. 왼손에는 브랜드 병을 받쳐 들고 있었다. 병을 테이블 위에 사뿐히 내려놓자 그의 뒤를 따라온 소년이 긴 손잡이가 달린 번쩍거리는 주전자 두 개로 각각 커피와 우유를 잔에 따랐다.

마누엘이 모자를 벗자, 웨이터는 그의 앞이마에 핀으로 꽂혀 있는 콜레타를 알아보았다. 웨이터는 마누엘의 커피 잔 바로 옆에 놓인 조그마한 술잔에 브랜디를 따르면서, 커피를 따르는 소년에게 윙크를 했다. 커피를 따르던 소년은 호기심 가득한 눈으로 마누엘의 창백한 얼굴을 바라보았다.

"이곳에서 출전하나요?" 웨이터가 병마개를 닫으면서 물었다.

"그래, 내일." 마누엘이 대답했다.

웨이터는 술병을 허리춤에 댄 채 그냥 서 있었다.

"찰리 채플린식 광대 프로그램에 나가는 건가요?" 그가 물었다.

커피를 따르는 소년이 당황해서 시선을 돌렸다.

"아냐, 보통 투우야."

"차베스하고 에르난데스가 경기하는 줄 알았는데요." 웨이터가 말했다.

"아냐. 나하고 다른 한 사람이 하지."

"누구요? 차베스인가요, 아니면 에르난데스인가요?"

"에르난데스일 거야."

"차베스한테 무슨 일이 있나요?"

"다쳤어."

"그 얘기 어디서 들었어요?"

"레타나한테서."

"어이, 루이!" 웨이터가 옆방에 대고 소리를 질렀다. "차베스가 코히다[62]를 당했대."

마누엘은 포장지를 벗긴 각설탕을 커피 잔에 떨어뜨렸다. 그러고는 저어서 마시니 달고 뜨거워 음료 덕분에 텅 빈 배 속이 다 훈훈했다. 그는 브랜디 잔을 비웠다.

"이걸로 한 잔 더 주게." 그가 웨이터에게 말했다.

웨이터는 병마개를 빼서 한 잔 가득 따르고는 받침 접시에 한 잔가량 더 따라 주었다. 다른 웨이터가 테이블 앞으로 다가왔다. 커피 따르는 소년은 가고 없었다.

"차베스가 많이 다쳤나요?" 두 번째 웨이터가 마누엘에게 물었다.

"글쎄, 잘 모르겠어. 레타나가 아무 말도 해 주지 않았거든." 마누엘이 대답했다.

"그 사람이야 뭔 상관이겠어." 키 큰 웨이터가 말했다. 마누엘이 이제껏 한 번도 보지 못한 사내였다. 새로 온 사람이 틀림없었다.

"이곳에선 레타나와 손잡기만 하면 성공은 따 놓은 당상이죠. 그 사람과 손을 잡지 못하느니 차라리 밖에 나가서 권총 자살을 하는 편이 나을걸요." 키 큰 웨이터가 내뱉었다.

---

62 투우 경기 도중에 황소 뿔에 받히는 것.

"두말하면 잔소리지. 정말로 그래." 방금 들어온 웨이터가 맞장구쳤다.

"그렇다마다. 그 사람에 관해서라면 내 말이 틀림없어." 키 큰 웨이터가 말했다.

"그자가 비얄타에게 한 짓을 봐." 첫 번째 웨이터가 말했다.

"어디, 그뿐인가. 마르시알 랄란다[63]한테 한 짓을 봐. 나시오날 2세[64]한테는 또 어땠고." 키 큰 웨이터가 내뱉었다.

"자네 말이 백번 옳아." 키 작은 웨이터가 동의했다.

마누엘은 테이블 앞에 서서 이야기를 주고받는 웨이터들을 바라보았다. 그는 두 번째 브랜디도 벌써 마셔 버렸다. 웨이터들은 그의 존재를 까맣게 잊고 있었다. 그에게는 아무런 관심도 없었다.

"그 머저리 같은 놈들을 보라는 말이야. 나시오날 2세를 본 적이 있나?" 키 큰 웨이터가 물었다.

"지난 일요일에 봤지?" 브랜디를 처음 따라 준 웨이터가 말했다.

"멍청이지 뭐야." 키 작은 웨이터가 말했다.

"내가 뭐랬어? 레타나의 자식들은 죄다 그 꼴이라니까." 키 큰 웨이터가 내뱉었다.

"이봐, 한 잔 더 주게." 마누엘이 말했다. 그들이 한창 이야기를 나누는 동안 그는 벌써 접시 받침의 술까지 잔에 따라 마셔 버렸다.

첫 웨이터가 기계적으로 그의 잔에 술을 따라 준 뒤, 셋은

---

63 마르시알 랄란다(Marcial Lalanda, 1903~1990). 스페인의 투우사.

64 후안 안로(Juan Anro, 1898~1925). 스페인의 투우사.

자기들끼리 지껄여 대며 방 밖으로 나갔다.

저쪽 구석에 자리 잡은 사내는 아직도 잠들어 있었다. 그는 벽에 머리를 기댄 채 숨을 들이쉴 때마다 가볍게 코를 골았다.

마누엘은 브랜디를 마셨다. 그 역시 졸렸다. 시내로 나가기에는 날씨가 너무 더웠다. 게다가 나가 봐야 특별히 할 일도 없었다. 그는 주리토를 만나고 싶었다. 그를 기다리는 동안 잠자고 싶었다. 테이블 밑을 발로 차서 그곳에 손가방이 그대로 있는지 확인해 보았다. 의자 밑 벽에 기대 놓는 편이 더 나을 것 같았다. 그는 몸을 구부려서 손가방을 벽 쪽으로 밀어 넣었다. 그런 뒤 테이블에 엎드려서 잠을 청했다.

잠에서 깨어나니 누군가가 테이블 맞은편에 앉아 있었다. 인디언처럼 큼직한 갈색 얼굴에 몸집이 커다란 사내였다. 그는 아까 전부터 그곳에 앉아 있었다. 그는 손짓으로 웨이터를 내보낸 뒤 자리에 앉아 신문을 읽으면서 이따금 테이블에 머리를 누이고 잠들어 있는 마누엘을 내려다보았다. 그는 한 글자 한 글자 발음해 가면서 힘겹게 신문을 읽었다. 싫증이 나면 마누엘 쪽을 바라보았다. 그는 까만 코르도바 모자를 깊숙이 눌러쓰고 의자에 육중하게 버티고 앉아 있었다.

마누엘은 몸을 일으키고 그를 바라보았다.

"어이, 주리토." 마누엘이 말했다.

"어이, 이 사람아." 몸집이 큰 사내가 말했다.

"잠이 들었어." 마누엘은 손등으로 앞이마를 문질렀다.

"그런 것 같더군."

"그래, 재미는 어떤가?"

"좋아. 자넨 어떤가?"

"별로 안 좋아."

두 사람은 모두 입을 다물고 있었다. 피카도르인 주리토는 마누엘의 창백한 얼굴을 바라보았다. 마누엘은, 신문을 접어서 주머니에 집어넣는 피카도르의 큼직한 손을 내려다보았다.

"부탁할 게 하나 있네, 마노스." 마누엘이 말했다.

마노스두로스[65]는 주리토의 별명이었다. 그는 이 별명을 들을 때마다 엄청나게 큼지막한 자신의 손을 떠올렸다. 그는 수줍어하며 두 손을 테이블 위에 올려놓았다.

"한잔하세." 그가 말했다.

"그러지." 마누엘이 대답했다.

웨이터가 홀을 둘러보더니 다시 돌아왔다. 그러고는 테이블에 앉은 두 사람을 돌아보면서 방을 나갔다.

"무슨 일인가, 마놀로?" 주리토가 술잔을 내려놓았다.

"내일 밤 나를 위해 황소 두 마리를 창질해 줄 수 있겠나?" 마누엘은 테이블 너머로 주리토를 올려다보며 물었다.

"안 돼. 이제 창질은 안 해." 주리토가 대답했다.

마누엘은 자기 술잔을 내려다보았다. 짐작했던 대답이었다. 다만 지금 그 답을 들었을 뿐이었다. 그래, 분명히 그 말을 들었다.

"미안하네, 마놀로. 하지만 이제 창질은 안 해." 주리토는 자기 손을 바라보았다.

"괜찮아." 마누엘이 말했다.

"이젠 너무 늙었어." 주리토가 말했다.

65 '큼직한 손'이라는 뜻의 스페인어.

"그냥 물어본 거야." 마누엘이 말했다.

"내일 야간 경기인가?"

"그래. 훌륭한 피카도르 한 사람만 있으면 멋지게 해치울 수 있을 것 같은데."

"얼마나 받는데?"

"300페세타."

"난 창질만 해도 그보다는 더 받네."

"알아. 내가 자네에게 부탁할 권리는 없지." 마누엘이 말했다.

"뭣 때문에 그 일을 계속하는가? 왜 콜레타를 잘라 버리지 못하나, 마놀로?"

"나도 모르겠어." 마누엘이 대답했다.

"자네도 이제 내 나이만큼 됐잖아." 주리토가 말했다.

"글쎄. 그럴 수밖에 없어. 성적을 올려 정당한 대우를 받을 수만 있다면야 더 바랄 게 없거든. 그래서 이 일에 매달리는 거야, 마노스." 마누엘이 말했다.

"아니, 그렇지 않아."

"그렇대도. 나도 그만두려고 해 봤지."

"자네 기분은 알겠어. 하지만 그건 옳지 않아. 이제 손을 떼고 돌아보지 말아야지."

"그럴 순 없어. 더구나 최근에는 솜씨도 나아졌거든."

주리토는 그의 얼굴을 쳐다보았다.

"자넨 입원해 있었잖아."

"하지만 부상당하기 전까진 한창 잘나갔지."

주리토는 아무 말도 하지 않았다. 그는 받침 접시에 흘러넘친 코냑을 술잔에 따랐다.

"신문에선 그랬지, 그보다 훌륭한 파에나[66] 연기는 본 적이 없다고." 마누엘이 말했다.

주리토는 그를 바라보았다.

"신이 나기만 하면 내가 멋들어지게 해치운다는 것쯤은 자네도 알잖아." 마누엘이 말했다.

"자넨 나이가 너무 많아." 주리토가 말했다.

"그렇지 않아. 자네야말로 나보다 열 살이나 많지." 마누엘이 대꾸했다.

"나하고는 사정이 다르지."

"난 별로 늙지 않았어." 마누엘이 말했다.

마누엘이 주리토의 얼굴을 쳐다보고 있을 뿐 두 사람은 아무 말도 하지 않았다.

"부상당하기 전까지야 나도 날렸지." 마누엘이 말했다.

"자네가 내 경기를 봤어야 해, 마노스." 마누엘이 나무라듯이 다시 말을 이었다.

"자네 경기는 보고 싶지 않네. 마음이 초조해지거든." 주리토가 대꾸했다.

"자넨 최근에 내 경기를 통 안 봤잖아."

"여러 번 봤어."

주리토는 마누엘의 시선을 피하면서 그를 바라보았다.

"그만둬야 해, 마놀로."

"그렇게는 못 하겠어. 정말이지 지금 상태가 좋거든." 마누엘이 대답했다.

주리토는 테이블 위에 두 손을 짚은 채 앞쪽으로 몸을 기

66 투우사가 황소를 죽이기 위해 물레타와 칼을 사용하는 마지막 단계.

울였다.

"이봐, 창질은 해 줄 테니까 말이지, 만약 내일 밤 멋지게 해내지 못하면 이제 그만둬야 해, 알겠나? 그러겠어?"

"좋아, 그러지."

주리토는 안심한 듯이 뒤로 기대앉았다.

"자넨 이제 손을 떼야 해. 바보 같은 짓 좀 작작 하라고. 그 콜레타도 잘라 버리고." 그가 말했다.

"그렇게 되진 않을걸. 어디 두고 보라고. 요령을 알거든." 마누엘이 대꾸했다.

주리토는 자리에서 일어섰다. 입씨름을 한 탓에 피로가 밀려왔다.

"자넨 손을 떼야 해. 내 손으로 자네 콜레타를 잘라 주겠어." 그가 말했다.

"당찮은 소리. 그럴 일은 없을 거야." 마누엘이 대꾸했다.

주리토는 웨이터를 불렀다.

"자, 그만 가지. 집으로 가세." 주리토가 말했다.

마누엘은 의자 밑으로 손을 뻗어서 손가방을 들었다. 그는 행복했다. 주리토가 창질을 맡아 주기로 했으니까. 그는 현재 살아 있는 피카도르 중에서 가장 뛰어난 피카도르였다. 이제 모든 것이 간단해졌다.

"우리 집에 가서 식사나 하세." 주리토가 권했다.

마누엘은 황소 마구간에 서서 찰리 채플린식 광대 프로그램이 끝나기를 기다렸다. 주리토 역시 그 옆에 서 있었다. 그들은 어둑한 곳에서 대기하고 있었다. 투우장으로 통하는 높은 문은 굳게 닫혀 있었다. 머리 위에서는 환호성이 일다가 다시 웃음보가 터지곤 했다. 그러더니 잠시간 잠잠해졌다. 마누엘은 황소 마구간 냄새가 좋았다. 그 어둠 속에서 구수한 냄새가 풍겨 왔다. 투우장에서는 또 한차례 환호성이 터지더니 곧이어 박수갈채가 오랫동안 이어졌다.

"저 녀석들을 본 일이 있나?" 주리토가 어둠을 헤치고 마누엘 곁에 거대한 몸집을 어슴푸레 드러내면서 물었다.

"아니, 없는데." 마누엘이 대답했다.

"꽤 재미있는 친구들이지." 주리토가 말했다. 그는 어스름 속에서 혼자 미소 짓고 있었다.

투우장으로 통하는, 높고 꽉 맞물린 이중문이 활짝 열리자 마누엘은 강렬한 아크등 불빛이 비치는 투우장을 쳐다보았다. 주위가 온통 어두운 가운데 광장이 높게 솟아 있었다. 부랑아처럼 차려입은 사내 둘이 투우장 가장자리를 뛰어다니면서 허리 숙여 인사하고 있었다. 그리고 그 뒤를 호텔 종업원 제복을 입은 사내가 따르며 모래밭에 나뒹구는 모자와 지팡이를 집어서 다시 어둠 속으로 던져 주었다.

마구간에도 전깃불이 밝혀졌다.

"자네가 조수들을 모으는 동안 난 저 조랑말에 타고 있겠네." 주리토가 말했다.

등 뒤에서 방울 소리가 들리더니 노새들이 나타났다. 그것들은 죽은 황소를 끌어내려고 투우장으로 들어갔다.

투우장의 바레라[67]와 관람석 사이 통로에서 광대 구경을 하던 투우사 조수들이 어슬렁어슬렁 걸어 나오더니 마구간 전등 밑에 모여 서서 이야기를 주고받았다. 그때 은빛과 주황

---

67 투우장을 빙 둘러선 붉은빛의 보호벽.

색의 옷을 빼입은 아름다운 청년이 마누엘 곁으로 다가와서 미소를 지었다.

"제가 에르난데스입니다." 그가 이렇게 말하며 손을 내밀었다.

마누엘은 그와 악수했다.

"오늘 밤에 상대할 놈은 코끼리만큼이나 대단한 놈입니다." 젊은이가 유쾌한 듯이 말했다.

"뿔이 무섭게 돋은 큰 코끼리 말이지." 마누엘도 맞장구쳤다.

"제일 재수 없게 걸렸어요." 젊은이가 말했다.

"괜찮아. 황소가 클수록 가난한 사람들한테 돌아갈 고기는 늘어날 테니까." 마누엘이 대꾸했다.

"그런 농담은 어디서 배웠어요?" 에르난데스가 히죽 웃었다.

"예로부터 전해 오는 말이야." 마누엘이 대답했다. "조수들을 세워 봐. 어떤 친구들인지 좀 봐 두게."

"괜찮은 애들이에요." 에르난데스가 말했다. 그는 자못 쾌활했다. 앞서 두 번이나 야간 경기에 출전했으므로 이제 막 마드리드에서 팬이 생기는 참이었다. 몇 분 뒤에 투우가 시작될 걸 생각하니 기분이 좋았다.

"피카도르들은 어디 있나?" 마누엘이 물었다.

"뒷마당 울안에서 서로 좋은 말을 타겠다고 싸우고 있어요." 에르난데스가 또다시 히죽 웃었다.

채찍 소리와 방울 소리가 요란하게 울리더니 노새들이 문으로 돌진해 들어왔다. 곧이어 어린 황소가 모래밭에 이랑을 지어 놓았다.

황소가 지나가자마자 그들은 곧 파세를 위한 준비를 갖추었다.

마누엘과 에르난데스가 앞장섰다. 젊은 조수들은 묵직한 케이프를 팔에 걸고 뒤따랐다. 그 뒤로 피카도르 네 명이 말을 타고 울안의 어둠침침한 곳에서 쇠 창날이 꽂힌 창대를 꼿꼿이 세우고 있었다.

"말을 잘 볼 수 있도록 레타나가 불을 충분히 비춰 줘야 할 텐데 이상한 일이군." 피카도르 한 사람이 말했다.

"그 사람은 우리가 이 말라빠진 말들을 자세히 보지 않는 편이 오히려 마음 편하리라는 걸 아는 게지." 다른 피카도르가 대꾸했다.

"지금 내가 탄 이놈도 나를 땅 위에 겨우 올려놓고 있다니까." 첫 번째 피카도르가 말을 받았다.

"글쎄, 그래도 말은 말이지."

"아무렴, 말은 말이지."

어둠 속의 그들은 여윈 말을 타고 앉아서 서로 얘기를 주고받았다.

주리토는 아무 말이 없었다. 그는 너절한 말 중에서 유일하게 실한 놈을 골랐다. 울안에서 빙빙 돌며 이미 시험도 해본 데다 고삐와 박차에 잘 반응하는지까지 모두 확인했다. 말의 오른편 눈에 감아 두었던 붕대를 풀고, 귀밑으로 바싹 비끄러맸던 끈도 끊어 버렸다. 두 다리가 튼튼한 훌륭하고 견실한 말이었다. 그에게 필요한 것은 오직 그것뿐이었다. 주리토는 코리다[68]가 끝날 때까지 이 말을 탈 작정이었다. 어슴푸레한 어둠 속에서 크고 푹신한 안장에 올라앉아 입장을 기다리기 시작한 시점부터 그는 이미 마음속으로 투우가 끝날 때까

---

68 '투우'를 의미하는 스페인어.

지의 모든 창질을 그려 보고 있었다. 다른 피카도르들은 그의 양옆에서 연신 이야기를 늘어놓고 있었다. 그러나 그의 귀에는 그들의 말이 들리지 않았다.

투우사 두 명이 똑같은 모양으로 왼팔에 케이프를 걸고 세 명의 페오네[69] 조수 앞에 나란히 서 있었다. 마누엘은 자기 등 뒤에 있는 젊은 조수 셋을 생각하고 있었다. 세 사람 모두 에르난데스처럼 마드리드 출신으로 열아홉 살 정도의 젊은이들이었다. 그중에는 진지하고 냉정한 표정에 얼굴이 검은 집시도 하나 있었는데, 마누엘은 그의 얼굴이 마음에 들었다. 그가 고개를 돌렸다.

"이름이 뭐지, 꼬마야?" 그가 집시에게 물었다.

"푸엔테스라고 합니다." 집시가 대답했다.

"좋은 이름이군." 마누엘이 말했다.

그러자 집시는 치아를 드러내며 히죽 웃었다.

"황소가 나오거든 붙잡아서 조금 달리게 해 주게." 마누엘이 말했다.

"그러죠." 집시가 대답했다. 그의 표정이 자못 진지해졌다. 이제 무엇을 어떻게 할지 궁리하기 시작한 것이었다.

"자, 황소가 나오는군." 마누엘이 에르난데스에게 말했다.

"네, 나가죠."

그들은 머리를 똑바로 들고 음악에 맞춰 몸을 흔들었다. 오른팔을 획획 흔들며 아크등 불빛 아래 모래가 깔린 투우장으로 나아갔다. 조수들이 대열을 이루어 뒤따르고, 그 뒤에는 말을 탄 피카도르들, 또 그 뒤로는 투우장 정비원과 요란하게

---

69 투우 경기가 시작될 때 투우장의 문을 열고 소를 입장시키는 사람.

방울 소리를 울리는 노새들이 따라왔다. 그들이 투우장을 가로질러 행진할 때 관중은 에르난데스에게 갈채를 보냈다. 그들은 당당하게 몸을 흔들며 행진하면서도 두 눈은 똑바로 정면을 바라보고 있었다.

대회장 앞에 이르러 인사를 한 뒤, 투우사 행렬은 일제히 흩어져 저마다 맡은 장소로 자리를 옮겼다. 투우사들은 바레라로 가서 무거운 외투를 가벼운 투우용 케이프로 갈아입었다. 노새들은 경기장 밖으로 나갔다. 피카도르들은 경기장 주위를 휙 하고 전속력으로 달렸고, 그중 두 명은 아까 들어온 문으로 퇴장했다. 정비원들이 투우장의 모래를 쓸어 평평하게 만들었다.

마누엘은 레타나의 대리인으로 자신의 매니저이자 칼잡이 노릇을 하는 사람이 따라 준 물을 한 잔 마셨다. 에르난데스는 자기 매니저와 이야기를 나누고 나서 다시 돌아왔다.

"인기가 상당하군, 이 사람." 마누엘이 그를 칭찬했다.

"저를 좋아들 하죠." 에르난데스가 기쁜 듯이 대답했다.

"파세는 어땠지?" 마누엘이 레타나의 대리인에게 물었다.

"결혼식 같았습니다. 훌륭했어요. 마치 호셀리토나 벨몬테[70]라도 나온 것 같았죠." 그가 대답했다.

주리토가 거대한 기마상(騎馬像) 같은 모습으로 말을 타고 지나갔다. 그는 말 머리를 돌려서 투우장 저쪽, 소가 나오는 토릴[71]을 향해 말을 세웠다. 아크등 불빛을 받고 있는 모습이 이상야릇해 보였다. 그는 돈을 많이 벌려고 오후의 뜨거운 햇

---

70 두 사람 모두 1920년대 초에 스페인에서 이름을 날린 투우사들이다.

71 '황소 우리'라는 뜻의 스페인어.

볕 아래에서 피카도르 노릇을 했다. 그러나 이 아크등 밑에서 벌이는 경기는 별로 좋아하지 않았다. 경기가 어서 빨리 시작되기를 바랐다.

마누엘이 그에게 다가갔다.

"창으로 찔러 주게, 마노스. 내 힘에 맞게 기를 좀 죽여 달라는 말이야." 그가 말했다.

"찔러 주지, 이 사람아. 아주 투우장 밖으로 뛰어나가게 해 놓겠네." 주리토는 모랫바닥에 탁 하고 침을 뱉었다.

"확 덮쳐 버려, 마노스." 마누엘이 말했다.

"덮쳐 버려야지. 그런데 왜 이렇게 꾸물대는 거야?" 주리토가 물었다.

"이제 곧 나올 걸세." 마누엘이 말했다.

주리토는 등자(鐙子)에 두 발을 버티고 녹피 덮개를 두른 큼직한 다리로 단단히 말을 죄었다. 그리고는 차양 넓은 모자를 깊숙이 눌러써서 불빛을 가린 다음, 저 멀리 토릴의 문을 지켜보며 앉아 있었다. 말의 귀가 바르르 떨렸다. 그러자 주리토는 왼손으로 목덜미를 가볍게 쓰다듬어 주었다.

붉은 토릴이 활짝 열린 순간, 주리토는 투우장 저 멀리 텅 빈 통로를 바라보았다. 그러자 황소가 온몸에 불빛을 받으며 네발로 미끄러지듯이 돌진해 왔다. 꽤 빠른 걸음걸이로 경쾌하게 움직이며 덤벼들었다. 큼직한 콧구멍으로 소리 낼 때를 제외하고는 어두운 우리에서 풀려난 까닭에 기분이 좋은 듯했다.

관람석 앞줄에는 《엘 에랄도》 신문의 투우 담당 대리 기자가 약간 권태로운 듯 앞쪽으로 몸을 구부린 채 무릎 앞 시멘트 벽에 노트를 대고 기사를 쓰고 있었다. "캄파녜로. 흑색 42

번. 시속 145킬로미터 속력으로 맹렬히 돌진해 오다가……."

마누엘이 바레라에 몸을 기대고 황소를 지켜보며 손을 내흔들자 집시 청년이 케이프를 펄럭이며 뛰어나왔다. 전속력으로 달려오던 황소는 급회전한 뒤에 머리를 숙이더니 꼬리를 곤두세우며 케이프를 향해 돌진해 왔다. 집시가 지그재그로 뛰었다. 그렇게 휙 지나치자 황소 눈에 그 청년이 들어왔고, 마침내 그를 주시한 황소가 케이프를 포기하고 사람에게 덤벼들었다. 집시가 전속력으로 달려서 붉은색 바레라를 뛰어넘자 황소는 뿔로 그것을 들이받았다. 두 번이나 뿔로 들이받으며 무턱대고 말뚝을 쿵 하고 떠받았다.

《엘 에랄도》기자는 담배에 불을 붙이고 성냥개비를 황소에게 집어 던진 다음, 수첩에 적었다. "입장료를 지불한 관객을 만족시킬 만한 거대한 몸뚱이와 훌륭한 뿔, 캄파녜로는 투우사의 영토에 파고 들어갈 기세였다."

황소가 바레라를 떠받을 때 마누엘은 단단한 모래밭으로 걸어 나갔다. 주리토가 투우장을 왼편으로 4분의 1쯤 돌다가 바레라 가까이에서 흰 말에 올라타는 모습이 보였다. 마누엘은 몸 바로 앞에 케이프를 펼쳐서 양손에 접어 쥐고는 황소를 향해 "우! 우!" 하고 소리를 질렀다. 마누엘이 옆으로 살짝 비켜서면서 황소의 공격에 맞춰 발꿈치를 딛고 돈 다음 곧장 뿔 앞에서 케이프를 흔들어 보이자, 황소는 머리를 휙 돌리고 바레라에 네발을 대고 버티는 듯하더니 케이프를 향해 돌진해 왔다. 마누엘은 회전을 마친 뒤 또다시 황소와 마주 보고 서서 아까처럼 몸 바로 앞에 케이프를 펴 들었다. 이에 황소가 다시 덤벼들자 한 번 더 회전했다. 그가 케이프를 휘두를 때마다 관중은 환호성을 질렀다.

마누엘은 케이프를 크게 물결치듯이 휘두르며 황소와 함께 네 차례나 맴돌았다. 그때마다 황소는 계속 덤벼들었다. 그 뒤 다섯 번째 회전을 마치고 그가 케이프를 엉덩이에 갖다 댄 채 다시 회전하자 케이프는 마치 발레리나의 스커트처럼 활짝 펴지면서 벨트를 조이듯 황소를 휘감았다. 그러다가 그가 얼른 비켜서니 황소는 흰 말을 타고 와서 딱 버티고 있는 주리토와 마주 섰다. 말은 귀를 앞쪽으로 숙이고 입술을 부르르 떨며 황소와 마주 서 있었다. 모자를 깊숙이 눌러쓴 주리토는 몸을 앞으로 굽히면서 기다란 창이 오른팔 밑에 예각으로 쭉 뻗어 나오게 한 뒤, 창대를 반쯤 잡고 황소를 향해 세모난 쇠 창날을 겨누었다.

《엘 에랄도》의 대리 기자는 담배를 훅 빨아들이면서 황소를 주시한 채 기사를 써 내려갔다. "베테랑 투우사 마놀로는 그런대로 일련의 베로니카를 시도하며 벨몬테다운 레코르테[72] 연기로 끝내 관객들로부터 박수갈채를 받았고, 기마전(騎馬戰)인 테르시오[73]에 들어갔다."

주리토는 말 위에서 황소와 창끝 사이의 거리를 가늠해 보았다. 그가 그러는 사이 황소는 말의 가슴을 노리고 온 힘을 다해서 덤벼들었다. 황소가 머리 숙여 받으려고 할 때, 주리토는 황소 어깨 위로 부풀어 오른 근육을 향해 창을 내리꽂고는 창대에 온몸의 무게를 실었다. 또한 그는 왼손으로 고삐를 당겨 흰 말의 앞발을 공중으로 솟아오르게 하더니, 황소를 아래로 내리밀면서 말을 오른쪽으로 회전시켰다. 그때 황소의 뿔

---

72 '사이드스텝' 또는 '옆으로 비키기'를 의미하는 스페인어.

73 본래 '세 번째'라는 뜻이지만 투우의 한 단계를 의미하기도 한다.

이 말의 복부 밑을 무사히 살짝 스쳤다. 말이 부르르 떨면서 땅으로 내려오자, 에르난데스가 내민 케이프를 향해 달려들던 황소의 꼬리가 말의 가슴에 슬쩍 닿았다.

에르난데스는 케이프로 황소를 다루면서 게걸음으로 달려갔고, 그렇게 황소를 다른 피카도르에게로 유인했다. 그는 케이프를 한 번 휘둘러서 말과 기수를 정면으로 맞서게 해 놓고는 뒤로 물러났다. 황소가 말을 보고 덤벼들었다. 피카도르의 창이 황소의 등에서 미끄러졌다. 황소가 덤벼드는 바람에 말이 뛰어올랐고, 피카도르는 이미 안장에서 절반이나 벗어나 있었다. 그 때문에 창이 빗맞은 순간 오른쪽 다리를 공중으로 곤두세우며 왼쪽으로 떨어질 수밖에 없었다. 결국 황소와 피카도르 사이에 말이 끼었다. 말은 덤벼드는 황소의 뿔에 받혀 공중으로 번쩍 들렸다가, 돌진하던 황소와 함께 쓰러지고 말았다. 피카도르는 나자빠진 채 장화로 말을 걷어차면서 누구든 자신을 떠메어 가기를 기다리고 있었다.

마누엘은 이미 쓰러진 말을 황소가 뿔로 떠받도록 그대로 내버려 두었다. 피카도르가 안전한 이상, 서두를 필요는 전혀 없었다. 더구나 저런 피카도르에게는 조금 겁을 주는 편이 나았다. 그러면 다음번 투우에선 좀 더 오래 버틸 수 있을 것이다. 엉터리 창수들 같으니. 모래밭 너머로, 주리토가 바레라에서 약간 떨어진 곳에 긴장한 말을 세우고 기다리는 모습이 보였다.

그는 "우!" 하고 황소에게 소리를 지르더니 "토마르!"[74] 하며 아주 눈에 띄도록 케이프를 두 손에 펼쳐 들었다. 그러자

---

74 "덤벼라!"라는 의미의 스페인어.

황소는 말에서 떨어져 나왔고, 이제 케이프를 향해 달려들었다. 마누엘은 비스듬히 옆으로 달리면서 케이프를 넓게 벌리고 멈춰 선 채 발꿈치로 빙글 돌아, 황소를 주리토와 정면으로 맞서게 했다.

《엘 에랄도》기자는 이렇게 썼다. "에르난데스와 마놀로가 키테[75]를 하는 도중 캄파녜로는 두 번 창에 맞으면서 로시난테[76]를 죽였다. 황소는 창으로 돌진하며 말에게 노골적으로 적의를 드러냈다. 베테랑 피카도르 주리토는 옛날 솜씨를 회복한 듯, 특히 수에르테[77]에서는……."

"올레! 올레!"[78] 기자 옆에 있던 사람이 소리를 질렀다. 그러나 그 소리마저 관중의 환호성 속에 묻혀 버렸고, 사내는 기자의 등을 툭툭 쳤다. 기자가 얼굴을 쳐드니, 바로 아래쪽에 주리토가 말 위에서 몸을 앞쪽으로 내밀고 있는 모습이 보였다. 그는 겨드랑이 밑에서 예각을 이루며 길게 뻗은 창대를 창날 가까이 잡고 온몸의 무게를 실어서 황소를 덮치려 하고 있었다. 그리고 황소는 말에게 덤벼들려고 씩씩거렸다. 주리토는 몸을 앞쪽으로 길게 내밀어서 한동안 황소를 멈춰 세운 뒤 천천히 말을 돌려 마침내 황소의 뿔로부터 완전히 벗어났다. 주리토는 말이 놓여나고 또 황소가 스쳐 지나갈 순간이 임박했음을 느끼고 강철 자물쇠처럼 강한 항력을 이완시켰다. 황소가 바로 콧등에서 에르난데스의 케이프를 발견하고 떨어져

75 즉각적인 위험에 처한 투우사로부터 황소를 떼어 놓는 동작.
76 로시난테는 돈 키호테가 아끼는 말의 이름이자 스페인어로 '야위거나 늙은 말'을 의미한다.
77 피카도르가 말을 타고 황소에 긴 창을 꽂는 행위.
78 "잘한다! 잘한다!"라는 뜻의 스페인어.

나오는 찰나, 세모꼴의 강철 창날이 황소의 불쑥 솟아오른 어깨 근육 자리를 깊숙이 파고들었다. 황소는 맹목적으로 케이프를 향해 달려들었고, 젊은이는 그 짐승을 넓은 투우장으로 이끌고 나갔다.

관중이 환호하는 동안, 밝은 불빛 아래서 주리토는 말을 쓰다듬으며 에르난데스가 휘두르는 케이프를 향해 황소가 달려드는 광경을 지켜보았다.

"지금 봤지?" 그가 마누엘에게 물었다.

"놀라운 솜씨로군." 마누엘이 대답했다.

"아까 찔렀거든. 지금 저놈을 봐." 주리토가 말했다.

마지막으로 케이프가 바짝 뒤집히자 황소는 무릎을 꿇고 미끄러졌다가 곧바로 다시 일어섰다. 그러나 멀리 모래밭 저편에서 마누엘과 주리토는 황소의 어깨 뒤에서 선혈이 쏟아져 나오며 번들번들 번쩍이는 모습을 지켜보았다.

"아까 제대로 찔렀지." 주리토가 말했다.

"훌륭한 황소로군." 마누엘이 말했다.

"한 번만 더 찌르게 해 주면 아예 놈을 죽이고 말 텐데." 주리토가 대꾸했다.

"3회전은 우리에게 맡길 거야." 마누엘이 말했다.

"저놈 좀 봐." 주리토가 말했다.

"난 이제 저쪽으로 가 봐야 해." 마누엘은 이렇게 말하면서 투우장 반대쪽으로 달려갔다. 그곳에서는 모노스[79]들이 말을 황소가 있는 곳으로 데려가려고 막대기든 뭐든 닥치는 대로 쥐어 들고 말의 다리를 후려갈기면서 말고삐를 잡아당

---

79 '잡역부'라는 의미의 스페인어.

기고 있었다. 황소는 머리를 떨어뜨리고 앞발로 땅을 긁어 대면서 차마 덤벼들 결심을 못 하고 있었다.

주리토는 말을 몰아 그곳으로 달려가면서 무엇 하나 놓치지 않고 자세히 살피며 얼굴을 찌푸렸다.

드디어 황소가 돌진하자 말을 인도하던 사람들은 바레라 쪽으로 달아났다. 이때 피카도르가 너무 뒤쪽으로 빗나가게 창을 찌르는 바람에 황소가 말 아래로 들어가 버렸고, 그렇게 말을 떠받아서 등 위로 던져 버렸다.

주리토는 이 모든 모습을 지켜보고 있었다. 붉은 셔츠를 입은 모노스들이 뛰어나와서 피카도르를 끌어냈다. 피카도르는 두 다리로 일어서서는 욕설을 퍼부으며 양쪽 팔을 툭툭 털었다. 마누엘과 에르난데스는 케이프를 펴 들고 만반의 준비를 갖추고 섰다. 거대한 검은 황소는 등에 말을 지고 있었는데, 뿔에는 말고삐와 말굽이 매달려 있었다. 말을 등에 업은 황소가 짧은 다리로 비틀거리며 목을 둥그렇게 구부렸다가 추켜들었다. 그러고는 떠받았다 달렸다 하면서 말을 떨어뜨리려고 야단이었고, 마침내 말이 미끄러져 떨어졌다. 이제 황소는 마누엘이 펼쳐 든 케이프를 향해 돌진해 왔다.

마누엘은 황소의 동작이 조금 느려졌다고 생각했다. 황소는 피를 무척 많이 흘리고 있었다. 복부 아래쪽을 따라 선혈이 번들거렸다.

마누엘은 또다시 황소에게 케이프를 내밀었다. 그러자 황소가 눈을 징그럽게 부릅뜨고 케이프를 노리며 덤벼들었다. 마누엘은 옆으로 살짝 비켜서면서 베로니카 동작을 하기 위해 두 팔을 치켜들고 케이프를 황소 코앞에 바짝 들이댔다.

이제 마누엘은 황소를 마주 보고 서 있었다. 황소 머리가 조금 아래쪽으로 처져 있었다. 짐승은 머리를 좀 더 수그렸는데, 주리토가 와서 마주 보고 있었기 때문이다.

마누엘이 케이프를 펄럭거렸다. 그러자 황소가 덤벼들었다. 옆으로 살짝 비켜서 또 한 번 베로니카 동작으로 선회했다. 저놈은 아주 정확하게 떠받고 있군, 하고 그는 생각했다. 실컷 싸웠으니 이제는 조심하고 있는 거야. 지금 덤빌 곳을 찾고 있구나. 하지만 난 네놈에게 케이프 외에는 아무것도 내주지 않을 거야.

마누엘은 황소를 향해 케이프를 흔들어 댔다. 황소가 덤벼들자 옆으로 살짝 비켰다. 이번에는 엄청나게 근접했다. 이토록 가까이 상대하고 싶진 않아.

황소가 지나칠 때 그 등을 스쳤던 케이프 한쪽 끝이 피에 젖었다.

좋아, 이번이 마지막이다.

마누엘은 황소에 맞서 두 손으로 케이프를 내밀었고, 황소가 덤벼들 때마다 같이 맴돌았다. 황소는 그를 바라보았다. 뿔을 앞으로 내민 황소는 계속 그를 주의 깊게 지켜보고 있었다.

"우! 이놈의 황소!" 하고 마누엘이 소리치고는 몸을 뒤로 젖히면서 케이프를 휘둘렀다. 그러자 황소가 다시 덤벼들었다. 그가 옆으로 비켜나면서 케이프를 뒤로 흔들어 대다가 획 돌아서니, 황소는 소용돌이치는 케이프를 따라갔다. 그러나 황소는 파세 탓에 허탕 치고 케이프에 압도당한 채 꼼짝 못 하고 그대로 서 있었다. 마누엘은 한 손으로 케이프를 쥐고 황소의 콧등 바로 밑에서 흔들었다. 그리고는 황소가 멀거니 서 있음을 모두에게 보여 주면서 걸어 나가 버렸다.

관중은 갈채를 보내지 않았다.

마누엘은 모래밭을 가로질러 바레라가 있는 데로 갔고, 주리토는 투우장 밖으로 말을 몰고 나갔다. 마누엘이 황소와 씨름하는 동안 나팔 소리가 울리며 투우는 이제 반데리야를 꽂는 순서로 접어들었음을 알렸다. 그는 이 신호를 별로 의식하지 않았다. 모노스들은 죽은 말 두 마리 위에 캔버스 천을 덮은 뒤 그 주위에 톱밥을 뿌렸다.

마누엘은 물을 마시려고 바레라 쪽으로 갔다. 레타나의 대리인이 구멍 난 무거운 주전자를 그에게 건네주었다.

키가 큰 집시 푸엔테스는 가늘고 붉은 창대에 낚싯바늘처럼 뾰족한 창날이 박힌 반데리야 한 쌍을 모아 쥐고 서 있었다. 그는 마누엘을 바라보았다.

"자, 나가." 마누엘이 말했다.

집시는 잽싸게 걸어 나갔다. 마누엘은 물그릇을 내려놓고 지켜보았다. 그리고 수건으로 얼굴을 닦았다.

《엘 에랄도》 기자는 다리 사이에 놓아둔 미지근한 샴페인 병에 손을 뻗어 한 모금 마신 뒤, 쓰던 기사의 단락을 마무리했다. "……나이 많은 마놀로는 일련의 어색한 케이프 연기를 보여서 관중의 갈채를 받지 못했고, 드디어 3회전 반데리야 경기로 접어들었다."

황소는 투우장 한가운데에서 여전히 움찔도 않고 혼자 서 있었다. 키가 크고 등이 넓적한 푸엔테스가 두 팔을 벌리고, 가늘고 붉은 창대 한 쌍을 한 손에 하나씩 움켜쥐었다. 그러고는 창날을 똑바로 앞으로 내민 채 거만한 표정으로 황소를 향해 다가갔다. 푸엔테스는 연신 앞으로 나아갔다. 그의 뒤쪽 한

편에는 케이프를 든 페온[80]이 뒤따랐다. 그를 쳐다본 황소는 이제 더 이상 가만히 있지 않았다.

황소는 일단 잠자코 푸엔테스를 노려보았다. 푸엔테스는 몸을 뒤로 젖히면서 소리 내어 황소를 불렀다. 푸엔테스가 창두 자루를 꿈틀꿈틀 움직이자 창날에 번쩍이는 불빛이 황소 눈에 띄었다.

황소는 꼬리를 곤두세우면서 덤벼들었다.

황소는 똑바로 사람을 노리며 달려왔다. 푸엔테스는 몸을 뒤로 젖히고 창을 앞으로 내민 채 가만히 서 있었다. 황소가 머리를 숙이고 떠받으려 할 때 푸엔테스는 몸을 뒤로 젖히면서 두 팔을 맞잡아 들어 올렸다. 그러자 창이 두 줄기 붉은 선처럼 내리꽂혔다. 그는 몸을 앞으로 숙이면서 황소 어깨에 창날을 박고 황소 뿔보다 훨씬 위쪽으로 몸을 내맡기면서, 다리를 바짝 모으고 꼿꼿이 선 창대에 의지한 채 회전했다. 그러고는 몸을 한쪽으로 비틀어 황소가 지나가게 했다.

"올레!" 관중이 환호성을 질렀다.

황소는 네발을 공중에 솟구쳐 댔고, 마치 송어처럼 껑충 뛰면서 맹렬히 떠받았다. 황소가 껑충 뛸 때마다 반데리야의 붉은 창대가 같이 뛰었다.

바레라에 선 마누엘은 황소가 항상 오른쪽으로만 떠받는다는 점을 알아차렸다.

"다음 창으로는 황소의 오른쪽을 찌르라고 해." 그가 새 반데리야를 가지고 푸엔테스에게 달려가는 젊은이에게 말했다.

---

80   스페인어로 '비숙련 노동자' 또는 '반데리야로'를 의미한다.

그때 누가 묵직한 손으로 그의 어깨를 쳤다. 주리토였다.

"기분이 어떤가?" 그가 물었다.

마누엘은 황소를 지켜보고 있었다.

주리토는 두 팔로 몸을 가누면서 바레라 앞쪽으로 몸을 내밀었다. 마누엘이 그에게 고개를 돌렸다.

"잘하고 있군." 주리토가 말했다.

마누엘은 고개를 내저었다. 다음 3회전까지 그는 이제 아무것도 할 일이 없었다. 집시는 반데리야 연기를 연신 멋지게 해내고 있었다. 다음 3회전에서도 황소는 그럴듯한 모습으로 그에게 덤벼들 것이다. 훌륭한 황소였다. 지금까지는 모든 게 수월했다. 그로서는 장검(長劍)으로 하는 마지막 판이 걱정이었다. 그러나 사실 그는 걱정하지 않았다. 걱정은커녕 아무런 생각도 하지 않았다. 그러나 그곳에 서 있자니 불안감이 그를 짓눌렀다. 그는 황소를 지켜보면서 붉은 천으로 황소의 힘을 죽이고 다루기 좋게 구슬리는 연기, 즉 파에나를 계획하고 있었다.

집시는 무도장의 댄서처럼 약을 올리듯이 발뒤꿈치와 발 끝을 번갈아 디디며 발걸음을 옮겼다. 그럴 때마다 반데리야의 붉은 창대를 까딱까딱 움직이면서 다시 황소를 향해 걸어 나갔다. 황소는 이제 가만있지 않고 노려보면서, 상대에게 덤벼들어 뿔을 찌를 수 있도록 그가 가까이 다가오기만을 기다리고 있었다.

푸엔테스가 앞으로 발을 내디디니 황소가 달려들었다. 황소가 덤벼들자 푸엔테스는 원의 4분의 1가량 되는 지점을 가로질러 달려갔다. 황소가 뒤쪽으로 물러났다. 그러자 그는 멈춰 서서 앞쪽으로 휙 돌아 발끝으로 선 채 똑바로 팔을 뻗어

소가 그를 놓치고 지나치는 순간, 두툼한 어깨 근육에 반데리 야를 깊숙이 꽂았다.

그러자 관중이 흥분하며 열광에 휩싸였다.

"저 친구는 야간 경기에 오래 남아 있지 않을 것 같은데 요." 레타나의 대리인이 주리토에게 말했다.

"잘하는군." 주리토가 말했다.

"이제 저 사람을 봐요."

그들은 그 청년을 지켜보았다.

푸엔테스는 바레라를 등지고 섰다. 콰드리야 두 명이 그 뒤에서 울타리 너머로 케이프를 던졌고, 황소를 떼어 놓을 준 비를 했다.

황소는 혀를 빼물고 배를 벌렁거리며 집시를 노려보았다. 이번에는 틀림없이 그를 잡았다고 생각하는 모양이었다. 뒤 쪽은 붉은 판자로 가로막혔다. 또한 달려들 거리도 짧았다. 황 소는 그를 거듭 노려보았다.

집시는 몸을 뒤로 젖히고 두 팔을 빼면서 황소를 향해 반 데리야를 겨누었다. 한 발을 구르면서 황소를 불렀다. 황소의 눈에 의심이 깃들었다. 그 짐승이 바라는 것은 오직 사람이었 다. 이젠 더 이상 자기 어깨에 창날을 받기 싫었던 것이다.

푸엔테스는 황소 쪽으로 조금 더 가까이 다가갔다. 몸을 젖혔다. 또다시 황소를 불렀다. 그러자 관중석에서 누군가가 조심하라고 소리쳤다.

"녀석 너무 가까이 있는걸." 주리토가 말했다.

"잘 보십시오." 레타나의 대리인이 말했다.

몸을 뒤로 젖히고 반데리야로 황소를 자극하면서 푸엔테 스는 두 발을 모아 껑충 뛰어올랐다. 그가 껑충 뛰어오르는 순간 황소가 꼬리를 빳빳이 세우고 덤벼들었다. 푸엔테스는 발끝으로 땅을 내려딛고 팔을 앞쪽으로 쭉 뻗어 온몸을 활 모양으로 굽히면서 오른쪽 뿔을 피해 몸을 빼내는 순간 창대를 내리꽂았다.

황소는 사람을 놓치고, 흔들거리는 케이프가 시선을 끄는 바레라에 머리를 들이박았다. 집시는 관중의 갈채를 받으면서 바레라를 따라 마누엘이 있는 데로 달려갔다. 쇠뿔을 완전히 피하지 못해 조끼의 일부분이 찢겨 있었다. 그는 기분이 좋은지 조끼를 관중에게 내보였다. 그리고 투우장을 한 바퀴 돌았다. 주리토는 그가 조끼를 가리키며 미소 짓고 지나가는 모습을 보았다. 그도 미소를 지었다.

누군가 다른 사람이 최후의 반데리야를 찌르고 있었다. 그러나 주의를 기울이는 사람은 아무도 없었다.

레타나의 대리인이 물레타에 막대기를 싸서 접은 뒤 바레라 너머로 마누엘에게 넘겨주었다. 그리고 또 가죽 장검 상자에 든 장검을 꺼내서는 가죽 칼집째로 울타리 너머의 마누엘에게 건넸다. 마누엘이 붉은 칼자루를 쥐고 칼을 빼 들자 칼집이 힘없이 축 늘어졌다.

마누엘은 주리토를 바라보았다. 몸집이 큰 사내는 마누엘이 땀을 흘리고 있음을 보았다.

"자, 이제 죽여 버리게, 이 사람아." 주리토가 말했다.

마누엘이 고개를 끄덕였다.

"이제 딱 알맞군." 주리토가 말했다.

"자네가 바라던 대로지." 레타나의 대리인이 용기를 북돋아 주었다.

마누엘은 고개를 끄덕였다.

나팔수가 저 높이 지붕 밑에서 마지막 경기를 알리는 나팔을 불자 마누엘은 투우장을 가로질러 어두운 관람석 위쪽 대회장이 있음 직한 곳을 향해 걸어 나갔다.

관람석 앞줄에 앉은《엘 에랄도》의 대리 기자는 미지근한 샴페인을 한 모금 길게 들이켰다. 그는 관전 기사를 더는 쓸 만한 가치가 없다고 생각했으므로 나머지 내용은 신문사에 돌아가서 마무리하기로 마음먹었다. 도대체 이런 경기가 어디 있단 말인가? 기껏해야 야간 투우 경기에 지나지 않았다. 혹시 놓친 것이 있더라도 조간신문을 읽고 보충하면 그만이었다. 그는 샴페인을 또 한 모금 마셨다. 12시에 카페 막심에서 사람을 만나기로 되어 있었다. 뭐 이따위 투우사들이 다 있담? 아이들과 건달들이 아닌가. 건달들의 패거리지 뭐야. 그가 수첩을 주머니에 집어넣고 마누엘 쪽을 바라보니, 마누엘은 투우장에 혼자 서서 잘 보이지 않는 어둑한 관람석 높은 데를 향해 모자를 벗어 들고 인사하고 있었다. 투우장 저편에는 황소가 멍한 눈빛으로 가만히 서 있었다.

"대회장 각하, 이 황소를 귀하, 그리고 이 세상에서 가장 지적이고 관대한 마드리드 시민께 바치고자 합니다." 마누엘은 이렇게 외쳤다. 그것은 판에 박은 격식이었다. 그는 한마디도 빼놓지 않고 모두 말했다. 야간 경기치고는 조금 길었다.

어두운 곳을 향해 인사를 올리고 나서 그는 몸을 꼿꼿이 세우고 모자를 어깨 너머로 집어 던진 뒤 왼손에는 붉은 물레타를, 오른손에는 장검을 쥐고 황소를 향해 걸어 나갔다.

마누엘은 그렇게 황소를 향해 나아갔다. 황소는 눈을 재빨리 움직이며 그를 바라보았다. 마누엘은 반데리야가 황소의 왼편 어깨에 꽂힌 채 늘어진 것이며, 주리토가 찌른 상처에

엉겨 붙은 핏덩이가 번쩍이는 것을 보았다. 또 황소의 발 위치를 눈여겨봤다. 왼손에는 물레타를, 오른손에는 장검을 쥐고 앞으로 나아가면서 그는 황소의 발 위치를 주의 깊게 살펴보았다. 소는 발을 한데 모으지 않으면 덤벼들지 못한다. 황소는 지금 네발을 굳게 딛고 멍한 표정으로 서 있었다.

마누엘은 황소의 발을 지켜보면서 그것을 향해 걸어갔다. 이 정도면 염려할 필요가 없었다. 거뜬히 해치울 수 있었다. 뿔 사이로 들어가서 찔러 죽이려면 황소가 머리를 숙이도록 해야 했다. 그는 칼을 생각하지 않았고, 황소를 죽일 생각역시 하지 않았다. 한 번에 한 가지만을 생각했다. 그래도 앞으로 일어날 여러 일들이 그의 가슴을 짓눌렀다. 황소의 눈을 주시하며 앞으로 나아갈 때 황소의 눈동자, 젖은 콧등, 앞으로 뽀족 내민 넓적한 뿔이 차례로 보였다. 황소의 눈언저리에 가벼운 원이 있었다. 그 눈은 마누엘을 지켜보고 있었다. 황소는 얼굴이 창백하고 조그마한 이 사내 정도라면 너끈히 해치울수 있다고 생각하는 듯했다.

조용히 서서 이제 왼손에 든 칼 끄트머리로 물레타의 붉은 천을 찔러 배의 삼각돛처럼 펴 든 채, 마누엘은 황소의 뿔끝을 주시했다. 한쪽 뿔은 바레라에 부딪혀 갈라져 있었다. 다른 쪽 뿔은 고슴도치의 털처럼 뾰족했다. 마누엘은 붉은 물레타를 펼치면서 뿔 뿌리의 흰 부분이 피로 빨갛게 물들어 있음을 보았다. 이런 것들을 살피는 동안에도 그는 황소의 발 움직임을 놓치지 않았다. 황소는 한결같이 마누엘을 지켜보고 있었다.

저놈이 이제 방어 태세를 취했구나, 하고 마누엘은 생각했다. 지금 힘을 모으는 중이야. 저러는 동안 놈을 끌어내서 머리를 숙이도록 해야지. 언제나 머리를 숙이게끔 해야 해. 주리토가 저놈의 머리를 한 번 숙이게 했지만 이제 본래대로 돌아왔군. 저놈을 달리게 하면 피를 흘릴 것이고, 그러면 머리를 숙이고 말 테지.

물레타를 들고 왼손에 쥔 장검을 황소 앞에 펴 보이면서 그는 황소를 향해 소리쳤다.

그러자 황소가 그를 바라보았다.

그는 얕잡아 보듯 몸을 뒤로 젖히고 널따랗게 편 플란넬 물레타를 흔들어 보였다.

황소는 물레타를 보았다. 그것은 아크등 불빛 아래서 밝은 진홍빛을 띠었다. 황소가 다리를 팽팽히 당겼다.

바로 그때 이크! 황소가 달려들었다. 황소가 달려들자 마누엘은 몸을 슬쩍 돌리면서 물레타를 높이 쳐들었다. 그러자 붉은 천이 쇠뿔 위쪽을 스쳐 지나가면서, 머리부터 꼬리까지 널찍한 등을 쓰다듬었다. 공격을 하던 황소의 몸뚱이가 공중으로 떠올랐다. 마누엘은 조금도 움직이지 않았다.

파세가 끝나자 황소는 모퉁이를 찾는 고양이처럼 몸을 돌려 마누엘을 마주 보고 섰다.

황소는 다시 방어 태세를 취했다. 육중함은 이제 사라지고 없었다. 마누엘은 황소의 선혈이 시커먼 어깨 아래로 번쩍이면서 다리를 타고 뚝뚝 떨어지고 있음을 알아챘다. 그는 붉은 수건에서 칼을 뽑아 오른손에 쥐었다. 왼손에 물레타를 나지막이 쥐고 왼편으로 몸을 기울이면서 황소를 불렀다. 황소의 눈은 물레타를 노려보았고 다리는 팽팽해졌다. 이제 덤비는구나, 하고 마누엘은 생각했다. 야아!

마누엘은 두 다리를 굳게 버틴 채 황소 코앞에서 물레타를 휘두르며 몸을 돌려 소를 피했고, 칼날은 아크등 아래서 한 점 빛이 되어 곡선을 그렸다.

이렇게 파세 나투랄[81]이 끝나자 황소는 다시 한 번 덤벼들었고, 이번에 마누엘은 파세 데 페초[82]를 하려고 물레타를 높이 쳐들었다. 황소는 단단히 버티고 서서 높이 쳐든 물레타 밑으로 가슴을 스치듯 덤벼들었다. 마누엘은 고개를 뒤로 젖히며 반데리야의 창대를 피했다. 검은 황소의 뜨거운 몸뚱이가 지나치면서 그의 가슴에 닿았다.

이거 너무 가깝군, 하고 마누엘은 생각했다. 주리토는 바레라에 기대서서, 케이프를 가지고 마누엘에게 뛰어가는 집시를 향해 빠른 말로 뭐라고 지껄였다. 주리토는 모자를 깊숙이 눌러쓰고 멀리 투우장에 서 있는 마누엘을 바라보았다.

마누엘은 물레타를 왼편에 나직이 쥐고 다시 황소와 마주 섰다. 황소가 수건을 보면서 머리를 숙였다.

"만약 벨몬테가 저 동작을 한다면 관중이 미쳐 날뛸 텐데." 레타나의 대리인이 말했다.

주리토는 아무 대꾸도 하지 않았다. 그는 투우장 한복판에 나가 있는 마누엘을 지켜볼 뿐이었다.

"우리 보스는 이 친구를 도대체 어디서 찾아낸 겁니까?" 레타나의 대리인이 물었다.

"병원에서 찾아냈다네." 주리토가 대답했다.

"빌어먹을, 곧바로 다시 입원하게 생겼군요." 레타나의 대리인이 대꾸했다.

---

81 칼을 사용하지 않고 왼쪽 물레타를 사용하는 동작.
82 황소의 가슴 높이로 물레타를 움직이는 동작.

주리토는 그에게 고개를 돌렸다.

"부정 타는 소리! 어서 그 나무를 두들기게!" 그가 바레라를 가리키며 말했다.

"그냥 농담으로 해 본 말이에요." 레타나의 대리인이 말했다.

"어서 나무를 두들기라는 말이야." 주리토가 거듭 말했다.

레타나의 대리인은 앞쪽으로 몸을 굽히고 바레라를 세 번 두드렸다.

"파에나를 지켜보게." 주리토가 말했다.

마누엘은 투우장 한가운데서 불빛을 받으며 무릎을 꿇고 황소와 마주 보고 있었다. 그가 두 손으로 물레타를 쳐들자 황소가 꼬리를 곤두세우고 덤벼들었다.

마누엘은 몸을 비틀어 피했고, 다시 한 번 황소가 덤벼들자 물레타를 반원형으로 휘두르며 여지없이 소를 무릎 꿇렸다.

"정말 훌륭한 투우사로군." 레타나의 대리인이 말했다.

"아니, 그렇지 않아." 주리토가 말했다.

마누엘은 일어서서 왼손에는 물레타를, 오른손에는 장검을 들고 어두운 관람석에서 울리는 박수갈채에 답례를 보냈다.

황소는 무릎을 세우더니 등을 구부리고 일어나서 머리를 나직이 숙인 채 기다렸다.

주리토는 나머지 콰드리야 두 명에게 뭐라고 말했고, 그들은 케이프를 펴 들고 마누엘 뒤쪽으로 뛰어나가 섰다. 이제 그의 뒤에는 모두 네 사람이 서 있었다. 그가 맨 처음 물레타를 들고 나올 때부터 에르난데스는 그를 뒤따랐다. 키 큰 푸엔테스는 몸에 케이프를 갖다 대고 졸린 듯 편안한 눈빛으로 지켜보았다. 그런데 지금 또 두 사람이 달려왔다. 에르난데스는 한쪽에 한 사람씩 갈라서라고 몸짓을 했다. 마누엘은 혼자서 황소와 맞서고 있었다.

마누엘은 손짓으로 케이프를 든 사람들을 뒤로 물러서게 했다. 그들은 조심스럽게 뒤로 물러나면서 백지장처럼 창백해진 마누엘의 얼굴에서 땀이 줄줄 흐르고 있음을 보았다.

저 사람들은 뒤쪽으로 물러서 있어야 한다는 사실을 모른단 말인가? 황소가 꼼짝 않고 칼 맞을 준비를 하고 있는데 케이프로 눈길을 끌려고 한단 말인가? 그에게는 그런 것 말고도 걱정거리가 충분했다.

황소는 네발을 버티고 선 채 물레타를 노려보고 있었다. 마누엘은 왼손으로 물레타를 걸었다. 황소의 눈이 그것을 좇았고, 몸뚱이는 네발 위에 육중하게 놓여 있었다. 머리를 나지막하게 숙이고 있었지만 너무 낮게는 아니었다.

마누엘은 황소를 향해 물레타를 쳐들었다. 황소는 움직이지 않았다. 가만히 눈으로 지켜보기만 했다.

그놈 참 납덩이처럼 무겁군, 하고 마누엘은 생각했다. 이제 만반의 준비가 끝났어. 죽이기에 안성맞춤인 상태가 된 거야. 자, 칼을 받으려무나.

마누엘은 투우사들이 사용하는 언어로 생각했다. 가끔 그는 무슨 생각이 떠올라도 꼭 들어맞는 단어를 얼른 찾을 수 없어서 자기 생각을 표현하지 못할 때가 적잖았다. 그의 본능과 지식은 자동적으로 작용했지만, 두뇌는 느리게 움직이며 말로 더디게 표현되었다. 그는 황소에 관한 것이라면 모조리 알고 있었다. 그래서 황소에 관해 굳이 생각할 필요가 없었다. 해야 할 행동만 하면 그만이었다. 눈으로 사태를 식별하고, 몸뚱이는 생각을 하는 대신 필요한 조치를 취했다. 만약 그 일에 대해 억지로 생각했다가는 그는 끝장나고 말 것이다.

이제 황소와 맞서게 되자, 동시에 그는 온갖 일을 의식했다. 한쪽에는 갈라진 뿔이, 다른 한쪽에는 매끄럽고 날카로운 뿔이 있었고, 왼쪽 뿔을 향해 옆으로 자세를 갖추고 날쎄게 똑바로 노려야 했고, 황소가 따라오도록 물레타를 나직이 내려야 했으며, 뿔 위쪽에서 들어가듯이 황소의 불쑥 솟은 두 어깨 사이에 자리한 5페세타짜리 동전만 한 목덜미의 조그마한 부위를 장검으로 깊숙이 찔러야 했다. 이 모든 것을 해야 할뿐더러, 그러고 난 뒤에는 짐승의 뿔 사이에서 빠져나와야 했다. 이 모든 동작을 해야 한다고 의식했지만 오직 생각나는 것이라곤 '코르토 이 데레초'[83]라는 말 한마디뿐이었다.

'코르토 이 데레초!' 하고 마누엘은 물레타를 접으면서 생각했다. 빠르게 그리고 똑바로! '코르토 이 데레초!' 그는 물레타에서 장검을 뽑아 들고 갈라진 왼편 뿔을 향해 비스듬히 자세를 갖춘 다음, 물레타를 자기 몸에 걸쳐 낮게 내려뜨렸다. 그러고는 칼을 든 오른손을 눈높이까지 들어 올려 십자 성호를 그었고, 발끝으로 몸을 높이 일으켜 세우면서 황소의 두 어깨 사이, 높이 솟아오른 바로 그 부위에 구부러진 칼날을 겨누었다.

'코르토 이 데레초!' 그는 황소를 향해 몸을 날렸다.

충격이 느껴지더니 몸이 공중으로 솟구쳐 올라갔다. 공중으로 떠오르는 사이, 그는 위에서 칼을 힘껏 내리 찔렀지만 얄궂게도 칼을 놓치고 말았다. 그가 땅에 떨어지자 소가 그의 몸 위로 덮쳤다. 마누엘은 땅에 드러누운 채 구둣발로 황소의 콧등을 걸어찼다. 차고 또 차자, 뒤쪽으로 물러난 황소는 흥분한

---

83 '빠르게 그리고 똑바로'라는 뜻의 스페인어.

나머지 마누엘을 떠받는다는 것이 그만 모래밭에 뿔을 처박고 말았다. 공중에 연속으로 공을 차올리는 사람처럼 마누엘은 황소를 계속 걷어차며 정면으로 떠받히는 상황을 겨우 면할 수 있었다.

황소를 향해 흔들어 대는 케이프 때문에 그는 등 뒤에서 바람이 이는 것을 느꼈다. 황소는 그를 넘어 질풍처럼 사라졌다. 황소 배때기가 그 위로 넘어갈 때는 어두컴컴했다. 그는 한 번도 짓밟히지 않았다.

마누엘은 일어서서 물레타를 집어 들었다. 푸엔테스가 그에게 장검을 건네주었다. 황소의 어깨뼈를 내리친 곳이 휘어 있었다. 마누엘은 무릎에 대고 칼을 바로잡은 뒤 죽은 말 옆에 서 있는 황소를 향해 달려갔다. 그가 달려갈 때 겨드랑이 아랫부분이 찢긴 재킷이 너덜너덜하게 나부꼈다.

"황소를 거기서 쫓아 보내!" 마누엘이 집시에게 소리쳤다. 황소는 죽은 말의 피 냄새를 맡고, 뿔로 시체를 덮은 캔버스 천을 찌르고 있었다. 황소가 캔버스 천을 갈라진 뿔에 걸친 채 푸엔테스의 케이프를 향해 덤벼들자 관중이 폭소를 터뜨렸다. 멀리 투우장에서 황소는 캔버스 천을 떼어 버리려고 머리를 세차게 뒤흔들었다. 에르난데스가 황소 뒤쪽에서 달려오더니 캔버스 천의 끝을 붙잡고 솜씨 좋게 뿔에서 벗겨 냈다.

황소는 캔버스 천을 따라가서 덤빌 듯하더니 가만히 멈춰 섰다. 그리고 다시 방어 태세를 취했다. 마누엘은 칼과 물레타를 들고 황소를 향해 걸어 나갔다. 황소 앞에 물레타를 흔들어 보였다. 그러나 황소는 덤벼들지 않았다.

마누엘은 황소를 향해 옆으로 비켜서서 구부러진 칼날을 눈으로 따르며 겨눴다. 그러나 황소는 네 다리가 꽁꽁 얼어붙어서 더는 공격하지 못하겠다는 듯이 꼼짝 않고 서 있었다.

마누엘은 발가락을 딛고 일어선 다음, 황소를 향해 칼날을 겨누면서 공격했다.

또다시 충격이 느껴지더니, 마누엘은 갑자기 뒤로 던져지며 모래밭에 쿵 하고 처박혔다. 이번에는 황소를 발길로 찰 기회조차 없었다. 황소가 그의 위로 내리 덮쳤다. 마누엘은 두 팔로 머리를 감싸고 죽은 듯 누워 있었지만, 황소는 그를 가격해 왔다. 그의 등을 툭 떠받더니, 이어서 모래밭에 처박은 얼굴마저 떠받았다. 황소가 모래밭을 향해 머리를 감싼 팔 사이로 뿔을 박는 게 느껴졌다. 황소는 그의 허리 잘록한 곳에 일격을 가했다. 그 때문에 그의 얼굴이 모래밭에 처박혔다. 뿔이 그의 한쪽 소매를 꿰뚫더니 아예 떼어 가 버렸다. 마누엘은 보기 좋게 내동댕이쳐졌고, 황소는 케이프를 따라갔다.

마누엘은 다시 일어서서 칼과 물레타를 찾아낸 다음, 엄지손가락 끝으로 칼날을 만져 보고는 새 칼을 가지러 바레라 쪽으로 달려갔다.

레타나의 대리인이 바레라 너머로 그에게 새 칼을 건네주었다.

"얼굴을 닦아요." 그가 말했다.

마누엘은 또다시 황소를 향해 달려가면서 손수건으로 피투성이가 된 얼굴을 닦았다. 주리토의 모습은 보이지 않았다. 주리토는 어디로 갔을까?

콰드리야들은 황소에게서 물러나, 손에 케이프를 든 채 기다리고 있었다. 황소는 한바탕 날뛰고 난 뒤라 다시금 멍하니 육중한 모습으로 서 있었다.

마누엘은 물레타를 들고 황소를 향해 걸어갔다. 걸음을

멈추고 물레타를 흔들어 보였다. 황소는 아무런 반응도 나타내지 않았다. 황소의 콧등에 대고 오른쪽에서 왼쪽으로, 다시 왼쪽에서 오른쪽으로 물레타를 흔들어 보였다. 황소는 그것을 지켜보면서 흔들릴 때마다 슬쩍 움직였지만 덤벼들려고는 하지 않았다. 마누엘을 기다리고 있었던 것이다.

마누엘은 초조했다. 스스로 덤벼드는 것 외에는 다른 도리가 없었다. '코르토 이 데레초.' 그는 황소에게 어슷하게 옆으로 맞서면서, 물레타로 십자 성호를 그리며 정면으로 달려들었다. 칼을 찌르면서 왼편으로 몸을 획 돌리며 뿔에서 벗어났다. 황소는 피해 나갔고 칼은 공중으로 튀더니 아크등 불빛에 번쩍였다. 그렇게 붉은 칼자루가 모래밭에 떨어졌다.

마누엘은 뛰어가서 그것을 집어 들었다. 구부러진 칼날을 무릎에 대고 바로잡았다.

또다시 꼼짝 않고 선 황소를 향해 뛰어가면서 그는 케이프를 들고 서 있는 에르난데스 옆을 지나쳐 갔다.

"뼈 덩어리나 다름없어요." 젊은이가 격려하듯이 말했다.

마누엘은 얼굴을 닦으며 고개를 끄덕였다. 피투성이가 된 손수건을 주머니에 집어넣었다.

황소가 그대로 버티고 있었다. 이번에는 바레라 가까이에 있었다. 망할 놈의 자식! 어쩌면 온통 뼈 덩어리일지도 몰라. 그래서 칼이 뚫고 들어갈 자리가 없는지도 모르지. 빌어먹을, 없을 리가 있나! 그는 본때를 보여 줄 생각이었다.

마누엘은 물레타로 유인해 봤지만 황소는 여전히 움직이지 않았다. 마누엘은 황소 코앞에서 물레타를 앞뒤로 흔들어 보였다. 그래도 아무 소용이 없었다.

그는 물레타를 접고 칼을 뽑아 몸을 옆으로 비키면서 황소를 찔렀다. 온몸의 무게를 실어 깊숙이 칼을 찌르자 칼이 휘는 듯한 느낌이 들었고, 급기야 칼은 공중으로 튀어 올라 빙글빙글 돌더니 관중 속으로 떨어지고 말았다. 칼이 튀어 오르는 순간 마누엘은 몸을 홱 비켰다.

처음 어둠 속에서 날아온 방석들은 그를 맞히지 못했다. 다음에 날아온 것이 피투성이가 된 모습으로 관중을 쳐다보던 그의 얼굴에 맞았다. 방석들이 끊임없이 빠르게 마구 날아왔다. 모래밭을 겨누고 던지는 것이었다. 투우장 근처의 줄에서 누군가가 빈 샴페인 병을 던졌다. 그 병이 마누엘의 발에 맞았다. 그는 이런 것들이 날아드는 어두운 곳을 지켜보고 서 있었다. 그때 무언가가 공중으로 홱 하고 날아오더니 그의 바로 옆에 떨어졌다. 마누엘은 허리를 굽혀서 그것을 집어 올렸다. 그의 칼이었다. 그것을 무릎에 대고 똑바로 편 다음, 관중에게 보여 주며 손짓으로 인사를 했다.

"고맙습니다. 정말 고맙습니다." 그가 소리쳤다.

아, 더러운 개새끼들! 더러운 사생아들! 아, 치사하고 더러운 개새끼들! 그는 뛰어나가면서 발로 방석을 걷어찼다.

황소가 그대로 있군. 아까와 조금도 달라지지 않았어. 오냐, 이 더럽고 치사한 놈아!

마누엘은 황소의 검은 콧등 앞에서 물레타를 내저었다.

그래도 아무 소용이 없었다.

싫다는 게지! 오냐. 그는 바짝 다가가서 물레타의 뾰족한 부분으로 황소의 축축한 콧등을 찔렀다.

마누엘이 뛰어서 뒤로 물러나자 곧장 황소가 덮쳤다. 이때 방석에 걸려 넘어지면서 그는 뿔이 자기 옆구리를 찌르고 있음을 느꼈다. 두 손으로 뿔을 단단히 움켜잡고 뒤로 떼밀었다. 황소가 그를 받아 던지는 바람에 겨우 벗어날 수 있었다. 그는 조용히 누워 있었다. 이젠 괜찮았다. 황소는 가 버렸다.

그는 기침을 하면서 일어섰지만 이미 지칠 대로 지쳐 녹초가 되어 있었다. 이 더러운 놈!

"내게 칼을 줘! 얼른 가져와!" 그가 소리쳤다.

푸엔테스가 물레타와 칼을 가지고 다가왔다.

에르난데스가 한 팔로 그를 껴안았다.

"이제 병원으로 가야 해요, 아저씨. 바보처럼 굴지 마요." 그가 말했다.

"비켜서. 어서 비켜서지 못해." 마누엘이 명령했다.

마누엘은 몸을 비틀어 그의 품에서 빠져나갔다. 에르난데스는 어깨를 들썩거렸다. 마누엘은 황소를 향해 달려갔다.

황소는 육중하고 당당하게 버티고 서 있었다.

오냐, 이 근본 없는 놈아! 마누엘은 물레타에서 칼을 빼 들고 똑같은 동작으로 겨눈 채 황소를 향해 몸뚱이를 내던졌다. 칼이 깊숙이 끝까지 파고들고 있음을 느꼈다. 칼 손잡이까지 푹 들어갔다. 네 손가락과 엄지손가락이 황소의 몸에 파묻혔다. 피가 손가락 마디에 뜨겁게 흘러내렸고, 마누엘은 황소 위에 올라탔다.

마누엘이 그놈 위에 올라타자 황소는 비틀거리면서 쓰러질 듯했다. 그래서 그는 얼른 비켜섰다. 황소가 천천히 옆으로 쓰러지며 갑자기 네 다리를 허공에 쳐드는 모습이 보였다.

그런 다음, 그는 황소의 피로 뜨겁게 물든 손을 들어 관중을 향해 인사를 보냈다.

오냐, 이 개새끼들아! 그는 뭐라고 말하고 싶었지만 기침이 나오기 시작했다. 화끈하고 숨 막히는 기침이었다. 그는 고개를 숙이고 물레타를 찾았다. 저쪽으로 걸어가서 대회장에 게 인사를 해야 했다. 빌어먹을 대회장! 그는 주저앉아서 무언가를 바라보고 있었다. 황소였다. 네 다리를 공중에 쭉 뻗고 두툼한 혀를 빼물고 있었다. 배때기와 다리 밑으로 무언가가 꿈틀거리면서 흘러내리고 있었다. 죽은 황소였다. 빌어먹을 놈의 황소! 모조리 지옥에나 가라지! 그는 일어서려고 했지만 다시 기침이 일었다. 또다시 주저앉아서 기침을 했다. 누군가가 다가와서 그를 끌어 일으켰다.

그들은 투우장을 가로질러 마누엘을 병원으로 데려갔다. 모래밭을 달려가다가 노새들이 들어오는 바람에 길이 막혔고, 문가에서 기다린 뒤에야 지나갈 수 있었다. 어두컴컴한 통로 아래를 돌아서 투덜투덜 계단 위로 올라간 끝에 그를 겨우 병실에 눕힐 수 있었다.

의사와 흰옷을 입은 두 사내가 그를 기다리고 있었다. 그들은 그를 수술대 위로 옮겼다. 그러고는 그의 내의를 찢어 냈다. 마누엘은 피로감을 느꼈다. 가슴 전체가 속에서 타는 것 같았다. 그가 기침을 하자 그들은 무언가를 그의 입에 가져다 댔다. 모두들 몹시 분주했다.

전등 불빛 때문에 눈이 부셨다. 그래서 그는 눈을 감았다.

누군가가 아주 육중하게 계단을 올라오는 소리가 들렸다. 그러더니 더는 그 소리가 들리지 않았다. 그리고 저 멀리서 시끄러운 소리가 들렸다. 관중의 환호성이었다. 그래, 누가 또 한 마리의 소를 죽여야 했다. 그들은 그의 셔츠를 모두 찢어 냈다. 의사가 그를 보고 미소를 지었다. 레타나도 있었다.

"어, 레타나!" 마누엘이 말했다. 그러나 그의 말소리는 잘 들리지 않았다.

레타나가 미소를 지으며 뭐라고 말했다. 마누엘에게는 들리지 않았다.

주리토가 수술대 곁에 서서 의사가 수술하는 모습을 들여다보고 있었다. 그는 피카도르 복장이었지만 모자는 쓰고 있지 않았다.

주리토가 그에게 뭐라고 말했다. 그러나 마누엘의 귀에는 아무 소리도 들리지 않았다.

주리토는 레타나에게 뭐라고 말하고 있었다. 흰 가운을 입은 의사 하나가 미소를 지으며 레타나에게 가위를 건네주었다. 레타나는 그것을 주리토에게 넘겨주었다. 주리토가 마누엘에게 뭐라고 말했다. 그러나 무슨 말인지 도통 들리지 않았다.

이 빌어먹을 놈의 수술대! 전에도 수술대 위엔 여러 차례 누워 봤다. 그는 죽어 가는 게 아니었다. 죽어 간다면 신부(神父)가 와 있을 것 아닌가.

주리토가 그에게 뭐라고 말했다. 가위를 쳐든 채 말이다.

그래, 그거야. 내 콜레타를 잘라 버리려는 거야. 그들은 그의 땋은 머리를 자르려 하고 있었다.

마누엘은 수술대 위에서 몸을 일으켰다. 의사가 화를 내면서 뒤로 물러섰다. 누군가가 그를 붙잡고 있었다.

"그런 짓을 하면 안 되지, 마노스." 그가 외쳤다.

갑자기 주리토의 목소리가 똑똑히 들렸다.

"괜찮아. 자르지 않겠네. 장난한 거야." 주리토가 말했다.

"난 경기를 훌륭하게 해냈어. 다만 재수가 없었던 거야. 그것뿐이라고." 마누엘이 외쳤다.

마누엘은 다시 드러누웠다. 그들이 그의 얼굴 위에 무언가를 가져다 댔다. 익숙한 일이었다. 그는 깊이 숨을 들이마셨다. 몹시 피곤했다. 몹시, 아주 몹시 피곤했다. 그들은 그의 얼굴에 가져다 댔던 것을 벗겼다.

"난 경기를 잘했어. 훌륭하게 해냈다고." 마누엘이 힘없이 말했다.

레타나가 주리토를 바라보고는 문 쪽으로 걸어갔다.

"이곳에 같이 있겠네." 주리토가 말했다.

레타나는 어깨를 들썩거렸다.

마누엘이 눈을 뜨고 주리토를 바라보았다.

"나 말이야. 경기를 잘하지 않았나, 마노스?" 그가 확인하려는 듯이 물었다.

"그렇고말고. 자넨 훌륭하게 해냈어." 주리토가 대답했다.

의사의 조수가 마누엘의 얼굴 위에 원뿔 모양의 물건을 덮어 주자 마누엘은 깊이 숨을 들이마셨다. 주리토는 어색한 표정으로 우두커니 서서 그를 지켜보았다.

스위스 찬가

1부

몽트뢰의 윌러 씨의 초상

기차역 카페 안은 따뜻하고 밝았다. 목조 테이블은 하도 닦아서 반들반들 빛났으며 광택지에 싼 프레첼 바구니가 놓여 있었다. 조각된 형태의 의자였지만 앉는 자리가 닳아서 안락했다. 벽에는 나무를 깎아서 만든 시계가 걸려 있었고, 카페 끝 쪽에는 바가 자리했다. 창밖에는 눈이 내리고 있었다.

역의 짐꾼 두 사람이 시계 밑 탁자에 앉아서 갓 담근 포도주를 마시고 있었다. 또 다른 짐꾼이 들어오더니 생플롱오리엔트 특급 열차[84]가 생모리스에서 한 시간 연착한다고 알려 주었다. 그러고는 카페 밖으로 나갔다. 웨이트리스가 윌러 씨의 탁자로 다가왔다.

---

84 튀르키예 이스탄불과 프랑스 파리를 오가던 호화 열차. 스위스에서 이탈리아로 건너가려면 생플롱 고개를 넘어야 했으므로 그러한 이름이 붙었다.

"특급 열차가 한 시간 연착한답니다, 선생님." 그녀가 말했다. "커피라도 가져다 드릴까요?"

"커피를 마셔도 잠드는 데 방해가 안 된다면."

"무슨 말씀이죠?"

"한 잔 가져다줘요." 윌러 씨가 말했다.

"고맙습니다."

웨이트리스는 주방에서 커피를 가져왔고, 윌러 씨는 창밖의 역 플랫폼 불빛 사이로 내리는 눈을 바라보았다.

"영어 말고 다른 외국어도 할 수 있나요?" 그가 웨이트리스에게 물었다.

"아, 네, 그럼요. 독일어와 프랑스어, 몇몇 방언을 할 수 있지요."

"무엇이라도 마시겠소?"

"아뇨, 선생님. 카페에서는 손님들과 아무것도 마시지 못하도록 돼 있어요."

"그럼, 시가라도?"

"아, 아닙니다, 선생님, 전 담배를 피우지 않거든요."

"그렇군요." 윌러 씨가 말했다. 그는 다시 창밖으로 눈을 돌리고 커피를 마시면서 담배에 불을 붙였다.

"프로일라인!"[85] 그가 불렀다. 그러자 웨이트리스가 다가왔다.

"필요한 게 있습니까, 선생님?"

"아가씨가 필요해요." 그가 말했다.

"그런 농담을 하시면 안 되죠."

---

85 Fräulein. '아가씨'를 뜻하는 독일어.

"농담이 아닙니다."

"그렇다면 더욱 그런 말씀을 하시면 안 되죠."

"언쟁할 시간이 없어요." 월러 씨가 말했다. "사십 분 뒤면 기차가 도착하잖아요. 나랑 같이 2층에 올라가 주면 100프랑을 주겠소."

"그런 말씀을 하시면 안 되죠, 선생님. 짐꾼더러 선생님을 도와 드리라고 하겠습니다."

"짐꾼은 필요 없어요." 월러 씨가 대꾸했다. "경찰도, 담배를 파는 저 아이들 중 그 누구도 말이죠. 내가 원하는 건 아가씨예요."

"만약 그런 식으로 자꾸 말씀하신다면 이 카페에서 나가 주셔야겠습니다. 그렇게 말씀하시면서 여기에 계실 수는 없거든요."

"그럼 왜 아직도 날 상대하는 거요? 아가씨가 가 버리면 더는 말을 걸 수도 없을 텐데."

그러자 웨이트리스는 자리를 떠났다. 월러 씨는 그녀가 짐꾼들에게 얘기하는지 살피려고 가만 지켜보았다. 그러나 그녀는 아무 말도 안 했다.

"마드무아젤!" 그가 불렀다. 웨이트리스가 다가왔다. "시옹[86] 한 병 주시오."

"네, 알겠습니다."

월러 씨는 그녀가 자리를 뜬 뒤 포도주를 가져와서 탁자 위에 놓았다. 그는 고개를 들어 시계를 바라보았다.

"200프랑을 주겠소." 그가 제안했다.

---

86 스위스 발레주 시옹 지방에서 생산되는 와인.

"제발 그런 말씀 좀 하지 마세요."

"200프랑이면 엄청난 금액이오."

"그만하시라고요!" 웨이트리스가 내뱉었다. 영어를 구사하는 그녀의 목소리가 흔들리고 있었다. 윌러 씨는 흥미롭다는 듯이 그녀를 쳐다보았다. "200프랑이라고요."

"끔찍한 분이군요."

"그럼 어디 한번 가 보지 그래. 이곳에 당신이 없다면 나 역시 말할 수 없을 테니."

웨이트리스는 테이블을 떠나서 바 쪽으로 갔다. 윌러 씨는 한동안 홀로 미소 지은 채 와인을 마셨다.

"마드무아젤!" 그가 불렀다. 웨이트리스는 그가 부르는 소리를 듣지 못한 척했다.

"마드무아젤!" 그가 다시 한 번 불렀다. 그러자 웨이트리스가 다가왔다.

"필요한 게 있으신가요?"

"암 있고말고. 300프랑을 주리다."

"정말 지긋지긋하군요."

"300스위스 프랑을 주리다."

웨이트리스는 물러갔다. 윌러 씨는 그녀의 뒷모습을 바라보았다. 짐꾼 한 사람이 카페 문을 열었다. 그는 윌러 씨의 짐을 맡고 있는 짐꾼이었다.

"기차가 옵니다, 선생님." 그가 프랑스어로 말했다. 그러자 윌러 씨는 자리에서 일어났다.

"마드무아젤!" 그가 큰 소리로 불렀다. 웨이트리스가 테이블로 다가왔다. "포도주값이 얼마요?"

"칠 프랑입니다."

월러 씨는 팔 프랑을 헤아린 뒤 탁자 위에 올려놓았다. 그러고는 외투를 입고 짐꾼을 따라 눈이 내리는 플랫폼으로 걸어갔다.

"잘 있어요, 마드무아젤!" 그가 말했다. 웨이트리스는 그가 바깥으로 나가는 모습을 지켜보았다. 참 추한 영감이군, 하고 그녀는 생각했다. 추하고 끔찍해. 고작 그따위 일에 300프랑이라니! 동전 한 닢을 받지 않고서도 그 짓을 얼마나 많이 했던가. 만약 눈치 있는 사람이라면 이곳에 그럴 만한 장소가 없음을 알았을 텐데. 시간도 없고 갈 곳도 없다는 사실을. 그 짓을 하는 데 300프랑이라니. 미국인들이란 도대체 어떤 족속이라는 말인가.

시멘트 플랫폼의 가방 옆에 서서 눈을 헤치고 다가오는 기차의 헤드라이트를 철로를 따라 바라보며 월러 씨는 공짜 희롱이었다고, 생각했다. 저녁 식사는 별도로 하고 그는 포도주 한 병에 팔 프랑, 그러니까 팁으로 일 프랑을 썼을 뿐이다. 75상팀[87]이었더라면 더 좋았을 터였다. 팁으로 75상팀을 줬더라면 더 좋았을 텐데. 일 스위스 프랑은 오 프랑스 프랑에 해당한다. 월러 씨는 파리를 향해 가고 있었다. 그는 돈에 인색했고 여자에 대해서도 별로 관심이 없었다. 그는 전에도 그 기차역에 들른 적이 있었고, 그는 거기에 누군가와 함께 올라갈 2층이 없음을 잘 알고 있었다. 월러 씨는 단 한 번도 위험을 무릅쓴 적이 없었다.

87 프랑은 스위스와 리히텐슈타인의 통화로 100상팀은 1프랑이다.

2부
존슨 씨가 브베[88]에서 그것에 대해 말하다

기차역 카페 안은 따뜻하고 밝았다. 테이블은 하도 닦아서 반들반들 빛이 났으며, 몇몇 테이블에는 붉고 흰 줄무늬 식탁보가, 다른 테이블에는 푸르고 흰 줄무늬 식탁보가 덮여 있었다. 모든 테이블에는 광택지에 싼 프레첼 바구니가 놓여 있었다. 의자는 조각되어 있었지만 앉는 자리가 닳아서 안락했다. 벽에는 조각해서 만든 시계가 걸려 있었고, 카페 끝 쪽에는 바가 있었다. 창밖에는 눈이 내리고 있었다.

역의 짐꾼 두 사람이 시계 밑 탁자에 앉아서 갓 빚은 포도주를 마시고 있었다. 또 다른 짐꾼이 들어오더니 생플롱오리엔트 특급 열차가 생모리스에서 한 시간 연착한다고 알려 주었다. 그러고는 그는 카페 바깥으로 나갔다. 웨이트리스가 존슨 씨의 탁자로 다가왔다.

"특급 열차가 한 시간 연착한답니다, 선생님." 그녀가 말했다.

"커피라도 갖다 드릴까요?"

"너무 번거롭지 않다면요."

"드려요?"

"한 잔 마시죠." 존슨 씨가 말했다.

"고맙습니다."

웨이트리스는 주방에서 커피를 가져왔고, 존슨 씨는 창밖

---

88 '리비에라의 진주'로 불리는 스위스 레만 호수 북안에 위치한 도시. 알프스의 경치가 아름답기로 유명하다.

의 역 플랫폼 불빛 사이로 내리는 눈을 바라보았다.

"영어 말고 다른 외국어도 할 수 있나요?" 그가 웨이트리스에게 물었다.

"아, 네, 그럼요. 독일어와 프랑스어, 몇몇 방언을 할 수 있어요."

"무엇이라도 마시겠소?"

"아, 아뇨, 선생님. 카페에서는 손님들과 아무것도 마시지 못하도록 돼 있어요."

"그럼 시가라도?"

"아, 아닙니다, 선생님, 전 시가를 피우지 않거든요."

"나도 마찬가지입니다." 존슨 씨가 말했다. "시가는 좋지 못한 습관이죠."

웨이트리스가 자리를 떠나자 존슨 씨는 궐련 담배에 불을 붙이고는 커피를 마셨다. 벽에 걸린 시계가 10시 십오 분 전을 가리키고 있었지만 그의 손목시계는 조금 빨리 갔다. 기차는 10시 30분에 도착하기로 되어 있었지만, 한 시간 연착한다니 도착 시각은 11시 30분이다. 존슨 씨가 웨이트리스를 불렀다.

"시뇨리나!"

"무얼 드시겠습니까, 선생님?"

"나하고 놀아 줄 수 없겠소?" 존슨 씨가 물었다. 그러자 웨이트리스는 얼굴을 붉혔다.

"안 됩니다, 선생님."

"난폭한 짓을 하자는 게 아니오. 나하고 함께 브베의 야간 유흥을 즐기면 어떻소? 아가씨가 원한다면 여자 친구 한 사람 데리고 와요."

"전 일해야 해요." 웨이트리스가 대답했다. "이 카페에서 일해야 한다고요."

"내가 그걸 왜 모르겠소." 존슨 씨가 말했다. "하지만 다른 사람에게 일을 좀 부탁할 수 있지 않소? 남북 전쟁[89] 때는 다들 그러곤 했죠."

"아, 안 돼요, 선생님. 이곳에선 제가 직접 일해야 해요."

"영어는 어디서 배웠나요?"

"벌리츠[90] 학교에서 배웠습니다, 선생님."

"벌리츠 학교 얘기 좀 해 줘요." 존슨 씨가 말했다. "벌리츠 학생들은 사나웠나요? 껴안고 애무하고 그러지는 않았죠? 여자 비위나 맞추는 사내들이 많았나요? 혹시 스콧 피츠제럴드[91]를 마주친 적 있나요?"

"무슨 말씀을 하시는 거예요?"

"내 말은, 아가씨 인생에서 가장 행복했던 시기가 대학교 시절인지 묻는 거예요? 지난가을 벌리츠엔 어떤 부류의 사람들이 있었나요?"

"지금 농담하시는 거죠, 선생님?"

"살짝 그렇습니다." 존슨 씨가 말했다. "아가씨는 참으로 멋져요. 나하고 놀고 싶지 않나요?"

"네, 그렇습니다, 선생님." 웨이트리스가 대답했다. "뭐 더 필요하신 건 없나요?"

---

89 미국의 남북 전쟁(1861~1865)을 가리킨다. 당시엔 징집된 사람 대신에 다른 사람을 입영시킬 수 있었다.

90 세계 각국의 외국어 교육 자료와 프로그램을 개발하는 회사.

91 F. 스콧 피츠제럴드(1896~1940). 미국의 소설가이며 단편 작가로 유명하다. 두 작가는 서로 애증의 관계였으므로, 이 장면에서 헤밍웨이는 피츠제럴드가 바람둥이라는 사실을 은근히 폭로하고 있다.

"있어요." 존슨 씨가 말했다. "포도주 리스트 좀 가져다주세요."

"네, 알겠습니다, 선생님."

존슨 씨는 포도주 리스트를 들고 짐꾼 세 사람이 앉아 있는 테이블로 걸어갔다. 그러자 짐꾼들이 그를 올려다보았다. 그들은 제법 나이 든 사람들이었다.

"볼렌 지 트링켄?"[92] 그가 물었다. 그러자 짐꾼 중 한 사람이 고개를 끄덕이며 미소를 지었다.

"위, 무슈."[93]

"프랑스어를 하시는군요."

"위, 무슈."

"뭘 마실까요? 코네 부 데 샹파뉴?"[94]

"농, 무슈."[95]

"포 레 코네트르."[96] 존슨 씨가 말했다. "프로일라인!" 그가 웨이트리스를 불렀다. "샴페인을 마시겠소."

"어떤 샴페인으로 하실까요, 선생님?"

"가장 좋은 걸로요." 존슨 씨가 말했다. "라켈 에 르 베스트?"[97] 그가 짐꾼들에게 질문했다.

---

92 독일어로 "Wollen Sie trinken?(술을 마시지 않겠습니까?)"라는 말이다.

93 프랑스어로 "Oui, monsieur.(네, 그러지요, 선생님.)"라는 말이다.

94 프랑스어로 "Connais vous des champagnes?(샴페인에 대해 아시나요?)"라는 말이다.

95 프랑스어로 "Non, monsieur.(잘 모릅니다, 선생님.)"라는 말이다.

96 프랑스어로 "Faut les connaître.(아셔야죠.)"라는 말이다.

97 프랑스어로 "Laquelle est le best?(어떤 게 가장 좋습니까?)"라는 말이다.

"르 메이외르?"[98] 먼저 입을 열었던 짐꾼이 질문했다.

"두말하면 잔소리죠."

짐꾼은 외투 주머니에서 금테 안경을 꺼내더니 포도주 리스트를 살펴보았다. 종이에 타이프된 포도주의 이름과 가격을 손가락으로 훑었다.

"스포츠맨." 그가 말했다. "스포츠맨이 최고로 좋아요."

"다른 분들도 동의하시나요?" 존슨 씨가 다른 짐꾼들에게 물었다. 그러자 한 짐꾼이 고개를 끄덕였다. 다른 짐꾼은 프랑스어로 "개인적으로 잘 모릅니다만, 스포츠맨이라는 이름은 자주 들었소. 좋은 포도주라고요."

"스포츠맨 한 병 가져다주시오." 존슨 씨가 웨이트리스에게 말했다. 그는 리스트에 적힌 가격을 쳐다보았다. 십일 스위스 프랑이었다. "두 병 가져다줘요. 합석해도 괜찮을까요?" 존슨 씨가 스포츠맨을 제안한 짐꾼에게 물었다.

"앉으세요. 편하게 앉으세요." 짐꾼이 그에게 미소를 지었다. 그는 안경을 접어서 케이스에 넣었다. "선생의 생일인가요?"

"아닙니다." 존슨 씨가 대답했다. "축하할 일은 아니죠. 제 아내가 저와 이혼하기로 결심했답니다."

"설마, 그렇게 되지 않기를 바랍니다." 한 짐꾼이 말했다. 다른 짐꾼은 고개를 내저었다. 세 번째 짐꾼은 귀가 조금 먹은 듯했다.

"이혼이란 흔한 일이죠." 존슨 씨가 말했다. "그런데 치과

---

98 프랑스어로 "Le meilleur?(가장 좋은 거요?)"라는 말이다. 존슨 씨가 'best'라고 영어를 사용했으므로 다시 프랑스어로 되묻는 것이다.

에 처음 방문하거나, 여자애가 초경을 하는 것처럼 전 당황스럽더라고요."

"이해가 갑니다." 가장 나이 많은 짐꾼이 말했다. "이해가 가요."

"여러분 중에 이혼한 분은 한 분도 없겠지요?" 존슨 씨가 물었다. 그는 외국어로 장난하는 짓 따윈 그만두고 얼마간 프랑스어로 얘기했다.

"이혼한 적 없어요." 스포츠맨을 주문한 짐꾼이 대답했다. "이곳 사람들은 별로 이혼을 하지 않지요. 물론 이혼하는 사람들도 있지만 그렇게 많지는 않거든요."

"제 나라에선 사정이 달라요." 존슨 씨가 말했다. "거의 모든 사람이 이혼하는 거나 마찬가지예요."

"맞아요." 짐꾼이 맞장구를 쳤다. "신문에서 읽은 적 있지요."

"전 조금 늦은 편이에요." 존슨 씨가 말을 이었다. "이혼은 이번이 처음이거든요. 제 나이가 서른다섯인데 말입니다."

"메 부 제트 앙코르 쥔."[99] 짐꾼이 말했다. 그러고는 다른 두 동료에게 설명했다. "무슈 나 크 트랑트생캉."[100] 다른 짐꾼들이 고개를 끄덕였다.

"아주 젊어." 다른 짐꾼 하나가 말했다.

"이혼은 정말로 이번이 처음이오?" 짐꾼이 물었다.

"처음이 아니라면 제 성을 갈겠어요." 존슨 씨가 대답했

---

99 프랑스어로 "Mais vous êtes encore jeune.(하지만 당신은 아직 젊어요.)"이라는 말이다.

100 프랑스어로 "Monsieur n'a que trente-cinq ans.(이분은 아직 서른다섯 살밖에 안됐었대.)"이라는 말이다.

다. "포도주병을 따 줘요, 마드무아젤."

"이혼하려면 돈이 많이 드나요?"

"1만 프랑 정도 들지요."

"스위스 프랑으로요?"

"아뇨, 프랑스 프랑으로요."

"아, 그렇군요. 2만 스위스 프랑이라 해도 여전히 싸지는 않군요."

"싸지 않죠."

"한데 왜 이혼하는 건가요?"

"아내가 하자고 하니까요."

"하지만 왜 이혼하자고 합니까?"

"다른 사람하고 결혼하려고요."

"하지만 그건 바보 같은 짓인데요."

"저도 동감입니다." 존슨 씨가 말했다. 웨이트리스가 유리 잔 네 개에 포도주를 따랐다.

모두들 잔을 들어 올렸다.

"프로지트!"[101]

"아 보트르 상테, 무슈!"[102] 짐꾼이 말했다. 다른 두 짐꾼 도 "살뤼!"[103] 하고 건배했다. 샴페인은 달콤한 장밋빛 사과 주스 같았다.

"스위스에선 이렇게 서로 다른 외국어로 소통하는 게 관 습인가요?" 존슨 씨가 물었다.

---

101 독일어로 "Prosit.(건배, 축배를 듭시다.)"라는 말이다.

102 프랑스어로 "A votre santé, monsieur.(건배, 당신의 건강을 위하여.)"라는 말이다.

103 Salut. 상대방의 건강과 번영을 바라는 의미에서 의례적으로 사용하는 프랑스어.

"아뇨. 프랑스어가 좀 더 세련됐어요. 게다가 여기는 스위스 로망드[104] 지역입니다."

"형씨께선 독일어를 하십니까?"

"그럼요. 제 지역에선 독일어를 사용하지요."

"알겠습니다." 존슨 씨가 말했다. "형씨는 한 번도 이혼한 적이 없다고 하셨죠?"

"네, 없어요. 돈이 너무 드니까요. 게다가 난 아직 미혼이거든요."

"아, 그렇군요." 존슨 씨가 말했다. "여기 계신 다른 분들은요?"

"모두들 결혼했어요."

"결혼 생활이 좋나요?" 존슨 씨가 짐꾼 한 사람에게 물었다.

"뭐라고요?"

"결혼 생활이 좋으냐고 물었습니다."

"위, 세 노르말."[105]

"맞습니다." 존슨 씨가 맞장구쳤다. "에 부, 무슈?"[106]

"사 바!"[107] 다른 짐꾼이 말했다.

"푸르 무아, 사 느 바 파."[108] 존슨 씨가 대꾸했다.

"이분은 이혼할 거래." 첫 번째 짐꾼이 설명했다.

---

104 스위스는 프랑스어, 독일어, 이탈리아어 등 세 가지 이상의 언어를 사용하는 나라로, 그중 프랑스어권의 지역을 '스위스 로망드'라고 한다

105 프랑스어로 "Oui. C'est normale.(네, 당연하죠.)"라는 말이다.

106 프랑스어로 "Et vous, monsieur?(형씨도 그래요?)"라는 말이다.

107 프랑스어로 "ça va.(그렇지요.)"라는 말이다.

108 프랑스어로 "Pour moi, ça ne va pas.(나로 말하자면 그렇지 않아요.)"라는 말이다.

"아!" 두 번째 짐꾼이 말했다.

"아하!" 세 번째 짐꾼이 말했다.

"한데 이제 이런 얘기는 재미없는 것 같군요. 제 개인사엔 관심이 없으실 테지요." 그는 첫 번째 짐꾼에게 말을 걸었다

"아닙니다. 재미있어요." 짐꾼이 대답했다.

"자, 그럼 다른 얘기를 하지요."

"좋으실 대로."

"그럼 무슨 얘기를 할까요?"

"운동을 하십니까?"

"아뇨, 하지만 제 아내는 좋아합니다." 존슨 씨가 답했다.

"그럼, 취미 생활로 무얼 합니까?"

"전 작가입니다."

"돈이 많이 벌리나요?"

"아뇨. 하지만 훗날 이름이 널리 알려진다면 많이 벌 수 있지요."

"재미있는 직업이군요."

"그렇지도 않습니다." 존슨 씨가 말했다. "재미있지가 않아요. 이제 그만 실례하고 일어서야겠습니다. 다른 병도 마시겠습니까?"

"하지만 기차는 사십오 분 뒤에야 도착하는데요."

"네, 알고 있습니다." 존슨 씨가 말했다. 웨이트리스가 자리로 다가왔고, 그는 포도주와 저녁 식사 비용을 계산했다.

"지금 나가시게요, 선생님?" 그녀가 물었다.

"네. 산책 좀 하려고요. 가방은 여기에 두고 가겠습니다."

그는 목도리를 두르고 외투를 걸친 다음 모자를 썼다. 바깥에는 여전히 눈이 몹시 세차게 내리고 있었다. 그는 창문으

로 테이블에 앉아 있는 짐꾼 세 사람을 뒤돌아보았다. 웨이트리스는 마개를 딴 포도주병에서 마지막 남은 술을 그들 잔에 따라 주고 있었다. 그녀는 아직 따지 않은 술병을 바로 가지고 갔다. 그러면 한 사람당 삼 프랑쯤 든 셈이라고, 존슨 씨는 생각했다. 그는 뒤돌아서 플랫폼을 따라 걸어 내려갔다. 만약 카페 안에서 그 얘기를 했더라면 아마 분위기를 망쳤으리라고 생각했다. 결국 분위기를 망치지는 않았다. 다만 그의 기분이 엉망일 뿐이었다.

3부
테리테[109]에서 만난 동료 회원의 아들

테리테의 기차역 카페 안은 적잖이 더웠다. 불빛은 밝았고, 테이블은 하도 닦아서 반들반들 윤이 났다. 테이블 위에는 광택지에 싼 프레첼이 담긴 바구니가 놓여 있었고, 물방울이 원목 위에 둥근 자국을 남기지 않도록 판지로 만든 맥주잔 받침이 깔려 있었다. 조각된 의자는 앉는 자리만이 닳아서 안락했다. 벽에는 목각한 시계가 걸려 있었고, 카페 끄트머리에는 바가 있었으며, 창밖에는 눈이 내리고 있었다. 노인 한 사람이 시계 밑 탁자에 앉아서 커피를 마시며 석간신문을 읽고 있었다. 짐꾼 한 사람이 들어오더니 생플롱오리엔트 특급 열차가 생모리스에서 한 시간 연착한다고 알려 주었다. 웨이트리스가 해리스 씨의 탁자로 다가왔다.

"특급 열차가 한 시간 연착한답니다, 선생님. 커피라도 가져다 드릴까요?"

"그러는 게 좋다면요."

"무슨 말씀인지요?" 웨이트리스가 물었다.

"아무것도 아닙니다." 해리스 씨가 대답했다.

"고맙습니다, 선생님." 웨이트리스가 말했다.

그녀는 주방에서 커피를 가져왔고, 해리스 씨는 커피 잔에 각설탕을 넣고 숟가락으로 짓이겼다. 그러고는 역 플랫폼에서 비치는 빛 사이로 내리는 눈의 모습을 창밖으로 바라보았다.

"영어 말고 달리 할 수 있는 언어가 있나요?" 그가 웨이트

---

109 스위스 보주에 위치한 몽트뢰의 한 지역.

리스에게 물었다.

"아, 그럼요, 선생님. 독일어랑 프랑스어랑 그 밖에 몇몇 방언을 할 줄 압니다."

"어떤 언어가 제일 좋습니까?"

"모두 마찬가지예요, 선생님. 어떤 언어가 다른 것보다 더 좋다고는 할 수 없거든요."

"커피나 다른 무엇이든 마시겠어요?"

"아, 아뇨, 선생님. 카페에선 손님들과 함께 음료를 마실 수 없습니다."

"그럼, 시가라도?"

"아, 아닙니다, 선생님." 그녀가 웃었다 "전 담배를 피우지 않거든요, 선생님."

"저도 마찬가지입니다." 해리스 씨가 말했다. "데이비드 벨라스코[110]의 말에 찬성할 수가 없지요."

"무슨 말씀이신지요?"

"벨라스코, 데이비드 벨라스코 말예요. 그 사람은 늘 칼라를 뒤로 젖히고 있어서 쉬이 알아볼 수 있지요. 하지만 나는 그 사람 말에 동의하지 않습니다. 물론 그 사람은 이미 죽었지만요."

"그럼 실례해도 되겠지요, 선생님?" 웨이트리스가 물었다.

"물론이죠." 해리스 씨가 대답했다. 그는 의자 앞쪽에 앉아서 창밖을 내다보았다. 카페를 가로지른 자리에 앉은 노인

---

110 데이비드 벨라스코(David Belasco, 1853~1931). 미국의 연극 연출가, 흥행가, 감독, 극작가. 1920년대, 럭키스트라이크 담배의 광고 모델로 활약하며 화제를 모았다.

이 신문을 접었다. 그는 해리스 씨를 쳐다보더니 커피 잔과 받침을 들고 해리스 씨의 테이블로 걸어왔다. "혹시 방해가 된다면 용서하십시오." 그가 영어로 말했다. "선생이 내셔널지오그래픽협회[111]의 회원이 아닐까 하는 생각이 갑자기 들었습니다."

"앉으십시오." 해리스 씨가 말했다. 그러자 노신사는 자리에 앉았다.

"커피 한 잔 더 하시거나 리큐어 한 잔이라도 하시겠습니까?"

"고맙습니다." 노신사가 말했다.

"저랑 키르슈[112] 한잔하시렵니까?"

"안 될 거 없지요. 제가 사겠소이다."

"아닙니다, 제가 삽니다." 해리스 씨가 웨이트리스를 불렀다. 노신사는 외투 주머니에서 가죽 지갑을 꺼냈다. 그는 널찍한 고무 밴드를 풀어서 서류 몇 장을 꺼내더니 한 장을 골라 해리스 씨에게 건네주었다.

"이게 제 회원증입니다." 그가 말했다. "미국에 사는 프레더릭 J. 루셀을 아나요?"

"모릅니다."

"그는 아주 특별한 사람입니다."

"그 사람은 어디 출신입니까? 그러니까, 미국의 어느 주 출신인가요?"

"물론 워싱턴 출신이죠. 협회 본부가 그곳에 있지 않습니까?"

"그렇다고 믿겠습니다."

---

111 전 세계의 유적을 발굴하고 보호하려는 목적으로 설립된 비영리 단체.

112 버찌로 만든 무색의 브랜디.

"그렇게 믿는다고요? 진담입니까?"

"전 미국을 오랫동안 떠나 있었거든요." 해리스 씨가 대답했다.

"그렇다면 회원이 아니군요."

"예, 아닙니다. 하지만 제 아버지는 회원이었죠. 아주 여러 해 동안 회원이었어요."

"그렇다면 프레더릭 J. 루셀을 알 겁니다. 협회의 간부 중한 사람이었으니까요. 나를 회원으로 추천한 인물도 루셀 씨였지요."

"그렇다니 몹시 기쁩니다."

"선생이 회원이 아니라니 섭섭하군요. 하지만 선생의 아버지를 통해 회원이 될 수 있지 않을까요?"

"그럴 겁니다." 해리스 씨가 말했다. "이제 그만 가 봐야겠습니다."

"조언 한마디 해 드리죠." 노신사가 말했다. "물론 잡지는 구독하겠지요?"

"물론이죠."

"컬러판 북아메리카 동물지(動物誌)가 실린 호를 보셨습니까?"

"물론이지요. 그 호는 파리에 있습니다."

"알래스카 화산 전경이 실린 호는요?"

"그야말로 놀라운 장관이었죠."

"조지 시라스 3세[113]의 야생 동물 사진도 무척 재미있게

---

113 조지 시라스 3세(George Shiras Ⅲ, 1859~1942). 미국의 펜실베이니아주 하원
     위원으로, 자연 경관을 촬영한 사진작가로도 유명하다.

봤답니다."

"두말하면 잔소리이죠."

"뭐라고요?"

"아주 훌륭하다고요. 시라스 그 녀석은……."

"그분을 그 녀석이라고 부릅니까?"

"우린 오랜 친구이거든요." 해리스 씨가 대답했다.

"그렇군요. 조지 시라스 3세를 알고 있군요. 참으로 흥미로운 분임이 틀림없어요."

"네, 그렇습니다. 제가 아는 사람 중에서 아마 가장 흥미로운 사람일 겁니다."

"조지 시라스 2세도 압니까. 그분도 흥미로운 분인가요?"

"아, 그분은 딱히 흥미롭지 않습니다."

"난 아마 흥미로운 분이리라고 상상했지요."

"웃기는 건 말이지요. 그분은 조금도 재미있지가 않아요. 전 가끔 왜 그런지 생각해 봤어요."

"음, 그 집안사람이라면 누구나 흥미로우리라고 생각했을 테니까요." 노신사가 말했다.

"사하라 사막 정경 기억하십니까?" 해리스 씨가 물었다.

"사하라 사막이라고? 그건 거의 십오 년이나 지난 일이에요."

"맞습니다. 그 주제는 제 아버지가 좋아하던 것 중 하나였습니다."

"그분은 신간을 더 좋아하진 않나 봅니다."

"아마 신간도 좋아할 겁니다. 하지만 사하라 사막 전경을 아주 좋아했어요."

"참으로 멋있었지. 하지만 나한테는 예술적 가치가 과학

적 흥미보다 훨씬 앞서거든요."

"잘 모르겠어요." 해리스 씨가 말했다. "바람이 불어서 모래가 온통 흩날리는 가운데 낙타를 타고 가던 그 아랍인은 메카를 향해 무릎을 꿇었던가."

"제 기억이 맞다면 아랍인은 낙타를 붙잡고 서 있었던 것 같은데요."

"선생님 말씀이 맞습니다." 해리스 씨가 말했다. "로런스 대령의 책[114]을 생각하고 있었어요."

"로런스의 책은 아라비아를 다뤘지요."

"맞습니다." 해리스 씨가 말했다. "아랍인 때문에 그 책이 생각났어요."

"그 사람은 아주 흥미로운 젊은이임이 틀림없어."

"정말 그럴 겁니다."

"지금 그 사람이 무슨 일을 하고 있는지 아시나요?"

"영국 공군에 있습니다."

"왜 그런 곳에 있지요?"

"그가 원하니까요."

"그 사람이 혹시 내셔널지오그래픽협회의 회원인지 아시나요?"

"그럴지도요."

"아마 훌륭한 회원이 될 겁니다. 협회가 원하는 부류의 사람이니까요. 협회가 원한다면 내가 기꺼이 그 사람을 지명하겠습니다."

---

114 토머스 에드워드 로런스(T. E. Lawrence, 1888~1935). 영국의 군인이자 고고학자, 저술가. 1962년 영화 「아라비아의 로런스」로 전 세계적 명성을 얻었다.

"아마 협회에서는 원할 겁니다."

"내가 브베 출신 과학자 한 사람이랑 로잔 출신 동료 한 사람을 지명했는데, 두 사람 모두 선출됐지요. 내가 만약 로런스 대령을 지명한다면 협회에서는 좋아할 거요."

"그것참 좋은 생각입니다." 해리스 씨가 맞장구쳤다. "이 카페에는 자주 오시나요?"

"저녁 식사를 한 뒤에 커피를 마시러 나옵니다."

"대학에 계시나요?"

"지금은 은퇴했지요."

"저는 다만 지금 기차를 기다리고 있을 뿐입니다." 해리스 씨가 말했다. "파리에서 다시 아브르로 가서 기선을 타고 미국에 가려고요."

"난 미국엔 한 번도 가 본 적이 없어요. 하지만 꼭 한번 가 보고 싶군. 어쩌면 협회 모임에 참석하게 될지도 모릅니다. 그곳에서 당신 아버지를 만난다면 좋겠군요."

"선생님을 꼭 만나 뵙고 싶어 했을 테지만 작년에 돌아가셨어요. 참으로 이상하게도 엽총으로 자살하셨죠."

"참 안됐군요. 그분의 죽음은 가족뿐 아니라 과학계에도 큰 타격이었을 겁니다."

"과학계는 잘 견뎌 냈어요."

이어서 해리스 씨가 말했다. "제 명함입니다. 그분의 머리 글자는 E. D.가 아니라 E. J.였습니다. 제 부친은 분명 선생님을 알고 싶어 하셨을 겁니다."

"그랬다면야 큰 영광이었겠지요." 노신사 역시 지갑에서 명함을 한 장 꺼내더니 해리스에게 건네주었다. 그 명함에는 다음과 같이 적혀 있었다.

지기스문트 바이어, 박사

내셔널지오그래픽협회 회원

미국, 워싱턴, D. C.

"명함을 소중하게 잘 간직하겠습니다." 해리스 씨가 말했다.

옮긴이
김욱동

한국외국어대학교 영문과 및 같은 대학원을 졸업하고 미국 미시시피 대학교에서 영문학 석사 학위를, 뉴욕 주립 대학교에서 영문학 박사 학위를 받았다. 하버드 대학교, 듀크 대학교 등에서 교환 교수를 역임했으며 포스트모더니즘을 비롯한 서구 이론을 국내 학계와 문단에 소개하는 데 힘썼다. 현재 서강대학교 인문대학 명예 교수다. 지은 책으로 『디지털 시대의 인문학』, 『포스트모더니즘』, 『적색에서 녹색으로』, 『지구촌 시대의 문학』, 『번역가의 길』, 『궁핍한 시대의 한국 문학』 등이 있으며, 옮긴 책으로 『위대한 개츠비』, 『노인과 바다』, 『왕자와 거지』, 『그리스인 조르바』, 『여름』, 『이선 프롬』, 『앵무새 죽이기』, 『헛간, 불태우다』 등이 있다. 2011년 한국출판학술상 대상을 수상했다.

단순한 질문

1판 1쇄 찍음 2023년 10월 27일
1판 1쇄 펴냄 2023년 11월 3일

지은이 어니스트 헤밍웨이
옮긴이 김욱동
발행인 박근섭, 박상준
펴낸곳 (주)민음사

출판등록 1966. 5. 19. 제16-490호
서울시 강남구 도산대로 1길 62(신사동)
강남출판문화센터 5층 06027
대표전화 02-515-2000 팩시밀리 02-515-2007
www.minumsa.com

ISBN 978 89 374 2994 1 04800
ISBN 978 89 374 2900 2 (세트)